밟지 말아야
할 것을
밟고 말았다

밟지 말아야 할 것을 밟고 말았다

이별 후 진짜 나다움을 찾아가는 여정

초 판 1쇄 2024년 02월 23일

지은이 정나은
펴낸이 류종렬

펴낸곳 미다스북스
본부장 임종익
편집장 이다경
책임진행 김가영, 윤가희, 이예나, 안채원, 김요섭, 임인영

등록 2001년 3월 21일 제2001-000040호
주소 서울시 마포구 양화로 133 서교타워 711호
전화 02) 322-7802~3
팩스 02) 6007-1845
블로그 http://blog.naver.com/midasbooks
전자주소 midasbooks@hanmail.net
페이스북 https://www.facebook.com/midasbooks425
인스타그램 https://www.instagram/midasbooks

ⓒ 정나은, 미다스북스 2024, *Printed in Korea*.

ISBN 979-11-6910-508-8 03810

값 18,500원

미다스북스는 다음세대에게 필요한 지혜와 교양을 생각합니다.

이별 후 진짜 나다움을 찾아가는 여정

밟지 말아야
할 것을
밟고 말았다

글 **정나은** · 그림 **지안**

미다스북스

3년을 사귄 첫사랑과 헤어진 후 덤덤히 살아오면서 그의 그림자를 지우고 잊혀지고 일상의 생활로 돌아오는데 30년이 걸렸다는 누군가의 이야기가 있다. 살다 보면 어느 누구에게나 불도장보다 선명한 아픔이 있고 아픔을 끝내 치유하지 못해 트라우마로 남은 삶을 살기도 한다. 이런 아픔과 이별하는 방법은 드러내놓고 위로받고 똥 밟은 셈 치고 툭툭 털고 일어나야 나머지의 인생을 별 탈 없이 살아갈 수 있는 것이다. 이별 후 진짜 나다움을 찾아가기 위해 어린 딸을 데리고 고군분투한 모습이 눈에 그려져 나도 모르게 눈물이 흘렀다. 누구에게나 어려움은 있다. 어떤 어려움을 어떻게 극복해 나가느냐에 따라 인생의 성공과 실패가 갈린다. 줄곧 내 인생의 철학 같은 신념은 농가성진(弄假成眞)이다. 쉽게 풀어 이야기하면 말하는대로 이루어진다는 뜻이다. 그녀와 작년 처음 만난지 얼마 되지 않아 글을 써 보겠다고 했을 때 지나가는 말로 흘러들었는데 이처럼 훌륭한 작품을 써내다니…. 정말 대단한 일이다. 생각을 정리해서 글로 옮기는 작업은 고단하고 지난한 일이다. 더구나 자신이 힘겹게 살아온 날들을 반추하며 솔직히 털어놓기는 대단한 용기가 필요한 일이다. 겨우 마흔의 나이에 겪은 어려운 일들을 보건교사라는 직업적 지식과 잘 연결하여 글을 엮고 꿰었다. 우리가 일상에서 쓰는 재수 없는 일은 관용적으로 똥 밟았다 말한다. 이 책을 읽다 보니 똥과 관련한 인생사가 얼마나 적절하고 적당한 비유인지 절묘하다. 나는 책을 읽고 난 후 정말 괜찮은 책은 감동과 새로움을 주는 내용을 좋아하는데 이 책은 이런 것들을 보건교사로서 지식과 경험을 솔직하고 진솔하게 잘 엮은 근래에 보기 드문 글이다.

내 삶이 걸어온 길이 고단하고 힘들 듯 남의 삶도 고단하게 다양한 어려움을 겪으며 살아가지만 쉽게 위로를 건네지 못한다.

독서의 즐거움은 읽는 즐거움이 50퍼센트, 감동이 30퍼센트, 새로운 지식은 얻을 수 있는 것이 20퍼센트면 아주 훌륭한 책이라 생각한다.

나 나름대로 독서를 즐기고 이 정도면 읽어 볼만한 좋은 책이라는 생각을 가지고 있는데 이 책은 충분히 감동의 서사가 있고 새로움을 얻을 수 있고 전문적인 지식을 교단 경험과 삶과 연관시킨 수작이다.

어려움을 당당히 맞서 보건교사로서 최선을 다하는 그녀를 옆에서 지켜보면 항상 응원한다. 세상의 편견과 맞서 용기있게 써 내려간 그녀의 글들이 이 세상 빛을 발하길 바란다. 이 책은 어려움 속에 혼자서 웅크리고 있는 애벌레에게 곧 나비가 될 거라는 응원의 메세지를 주는 듯하다. 아직 어려움 속에서 누군가 밟지밟지 말아야 할 것을 밟고 말았을 때 어떻게 대처해 나가는지 이 책을 읽고 나면 희망이 보일 것이다. 교단에서, 삶의 끝에서 나 혼자만 힘들고 어렵다고 느끼는 모든 분들이 이 책을 읽고 살아갈 용기와 희망의 싹을 키울 수 있기를 바라며.

정나은 작가로서의 인생도 활짝 피길 기대하며.

— 이미옥(배다리초등학교 교장)

호기심에 이끌려 이 책을 집어 들었다면 당신은 아마 어마어마한 삶의 소용돌이 속으로 들어가게 될 것이다. 책장을 처음 넘기는 순간부터 마지막까지 저자의 이야기에 깊이 공감하며 내 상처의 크기까지 마주하게 된다. 누구에게나 들키고 싶지 않은 상처 하나쯤은 가지고 있다. 저자가 드러낸 아픔과 상처는 어쩌면 우리가 가지고 있는 상처의 또 다른 변형일 뿐이다. 우리는 어른이지만 사는 매 순간이 처음이기에 늘 실수투성이다. 그래서 여전히 아프고, 그러면서 성장해 간다. 이렇게 매년 다른 색깔과 향기로 변해가는 인생을 살아가기에 앞으로 다시 사랑으로 피어날 저자의 삶이 더욱 기대되고, 지금의 상처까지 아름다운 이유다.

누구의 삶이 그다지 궁금하지 않은 요즘, 타인의 삶의 이야기가 가만히 내 마음에 들어왔다. 그리고 다시 삶을 정비하고 나아가게 할 희망까지 허락해 주었다. 아픔은 누구에게나 있다고, 그러니 괜찮다고, 다시 용기 내 보자고 말이다.

그 어느 것도 영원한 건 없다고 저자는 말한다. 그러나 우리는 모든 것이 영원하지 않을 것처럼 지금, 이 순간을 아름답게 살아내면 될 뿐이다. 그녀가 그랬던 것처럼.

저자의 단단해질 삶의 궤적이 그녀의 학생들에게는 더 큰 사랑으로, 한부모 가정에는 희망의 메신저로 다가갈 수 있기를 응원한다. 더 나아가 삶의 크고 작은 아픔과 상처로 위안이 필요한 모든 이에게 이 책이 큰 위로와 지지가 되기를 바란다

— 배정화(『오늘도 교사로 걷는 당신에게』, 『나는 혁신학교 교사입니다』 저자)

'상처 입은 치유자'라는 말이 있습니다. 상처라는 것은 상처에서 멈추면 상처가 되지만 상처를 극복하고 나아가면 누군가에게 메시지를 전달할 수 있는 메신저가 됩니다. 저자 정나은 선생님은 그런 분이십니다. 상처를 통해 사명을 발견하고, 그 사명으로 누군가를 돕는 힐링 여행자입니다.

"이 세상에 실패는 없다. 다만 실수만 있을 뿐이다. 실수로 넘어지면 툴툴 털고 일어서면 그만이다." 이런 고백은 넘어졌지만 일어난 사람만이 말할 수 있는 담대함입니다. 어떤 일이든 모든 경험은 그 안에 메시지가 담겨있습니다.

밟지 말아야 할 것을 밟고 말았다

그 메시지를 인지하고 저자처럼 한 걸음 내딛는다면 비록 밟지 말아야 할 것을 밟았어도 다시 걸어갈 수 있는 용기가 생길 것입니다.

좋은 책이란 자주 덮게 만든 책이라고 했던가요. 이 책을 읽으며 저는 수없이 덮고 또 덮었습니다. 과거의 나와 끊임없는 조우를 통해 저 역시 한 걸음 내딛는 힘을 얻었습니다. 귀한 저서를 만나게 되어 고맙습니다.

— 김진수 (『밀알샘 자기경영노트』 저자, 초등교사)

정나은 작가와 처음 대화한 날이 잊히지 않습니다. 커다란 눈망울, 겸손한 언어, 통통 튀는 유머 감각까지 밝고 유쾌한 분이라고만 생각했습니다. 그런 작가의 내면에 이렇게 크나큰 아픔이 있을 줄은 꿈에도 상상하지 못했습니다. 책장을 넘기며 가슴이 먹먹했다가 눈물이 쉴 새 없이 흐르기를 반복했습니다. 휴지로 코를 팽팽 풀어가면서 읽었습니다. 불안, 두려움, 우울감, 외로움을 이겨내는 과정을 통해 아픔 속에서도 좋은 것을 선택할 줄 아는 지혜로운 사람을 만날 수 있었습니다. 저자는 처음엔 연약한 여자였지만 시간이 흐를수록 단단하고 강한 여성이 되었습니다. 그녀가 겪은 쓰디쓴 경험을 인생의 '선물'이라 여기게 되었고 비슷한 아픔을 가진 사람들에게 위로와 희망을 선물하게 되었습니다. 그 과정이 너무나 귀하고 값지게 다가옵니다.

말하기 어려운 이야기를 담담하게 풀어내면서 내면 치유의 과정을 여실히 보여주는 책입니다. 마지막 장을 덮으며 인생길에서 만나는 수많은 어려움을 어떻게 하면 잘 이겨낼 수 있을지 힌트를 얻게 되었습니다. 가장 진실하게, 온전한 나로 살기를 원하는 사람들에게 커다란 위로와 용기를 안겨 줄 것이라 확신합니다.

— 정선애 (『진짜 엄마 준비』, 『우정 자판기』 저자)

당신은, 당신의 **의지**대로 인생을 선택하고
만들어 갈 수 있습니다

사랑받고 싶었고,

사랑하고 싶었다.

가슴 떨리는 연인과의 사랑이 사랑의 전부인 줄 알았고,

각자가 원하는 사랑을 주고받으며 일평생 살아가는 것
이 인생이라 생각했다.

그러던 어느 날 개리 채프먼의 『5가지 사랑의 언어』를 읽
게 되었고, 그 이후로 '사랑은 내 의지로 선택'할 수 있음을

깨닫게 된다. 책에는 '사랑의 언어'를 인정하는 말과 함께하는 시간 그리고 선물, 봉사, 신체접촉(스킨십)까지 총 다섯 가지로 정의한다. 누구에게나 사랑의 감정이 절정에서 내려오는 것은 당연한 이치다. 또, 사랑이라는 감정에 취했다가 결혼 뒤 콩깍지가 떨어지는 것도 자연스러운 현상이다. 그런데도 오랜 시간 알콩달콩 깨가 쏟아지는 부부가 있고 그 안에서 안정된 사랑과 애착이 형성된 자녀가 분명히 있다. 작가는 이들의 사랑이 오래가는 이유를 진정한 사랑을 그들의 의지로 선택하기 때문이라 소개한다. 즉, 상대가 원하는 사랑의 언어를 알아차리고 그것을 실천하기 때문이다.[1]

　왕자와 공주는 7년이라는 시간 동안 서로를 사랑했다. 그리고 평생을 함께하기로 약속한다. 그들은 자신들이 이룬 사랑의 마침표는 결혼이며, 동화 속 왕자와 공주의 인생처럼 반드시 행복한 결말을 맺을 거라 장담했다. 행복

---

[1] 『5가지 사랑의 언어』, 개리 채프먼, 생명의말씀사

한 미래를 꿈꾼 건 욕심이었을까? 혼인 신고를 마치고 한 달 후 공주는 왕자의 커다란 비밀을 알게 된다. 우연히 알게 된 비밀로 결국 공주는 왕자로부터 씻을 수 없는 상처를 받게 되며 이내 현실은 동화 속 주인공의 삶과 다름을 깨닫는다. 그리고 삼십 평생을 다른 사람에게 보여지는 모습을 중요시하며 살아온 나머지 상처받아 아픈 마음을 죽을 때까지 숨기며 살기로 결심한다. 그렇게 공주는 행복한 척, 잘살고 있는 척하는 '척척 공주'가 되어갔다. 내가 아닌 나로 살다 보니 어느새 몇 겹의 가면을 쓴 사람이 되어있었다. 행복한 척하기 위해 가짜는 진짜가 되었고, 얼굴은 어두운데 입꼬리만 올라가 있었다. 실제로는 불행했지만 가장 행복해 보이게 꾸미고 살았던 7년이었다. 가면을 써가며 외롭게 살았던 날들을 뒤로하고 이제는 가장 진실한 나로서 살아가기 위해 노력 중이다.

현재는 학교에서 학생들의 몸과 마음의 건강을 보살피고, 교육하는 보건 교사이다. 아이들이 배가 아파 보건실에 올 때면 가장 자주 하는 질문이 '똥'의 상태이다. 음식을 삼키고 소화해 뱉어 내기까지 이르는 과정이 잘 이루어져야 비로소 건강하다 할 수 있다. 무작정 집어삼킨 감정과 소화되지 않는 감정들로 고군분투하던 시간, 이를 소화해 뱉어 내기까지 일련의 과정들을 보건 교사답게 '똥'에 비유해 보았다. 다른 사람 때문에 어쩔 수 없이 선택했다 믿은 결과들은 나를 한 없이 슬프게 했다. 그리고 결국 살아온 인생 전체를 '재수 없어 밟은 똥'이라 결론지었다. 그렇게 마음속 분노와 우울은 점점 걷잡을 수 없을 만큼 커졌다. 무너진 인생을 바로잡으려고 수많은 상담 영상과 관련 서적을 읽으며 애를 썼고, 그 원인을 찾기 위해 생각의 꼬리를 쉼 없이 이어 갔다. 그렇게 헤매다 찾은 '내가 아프게 된 이유'를 결국 어린 시절 불행했던 환경의 결과값이라 결론 내렸다.

과거 결핍된 애착에서 아픔의 뿌리를 찾으니 어릴 적 느낀 외로움과 우울감에 자주 둘러싸여 있게 되었다. 그러던 어느 순간 내게 수시로 찾아왔던 허기진 정서를 딸에게 대물림하고 있음을 알아차리게 된다. 사랑하는 딸을 위해서라도 어려서부터 차곡차곡 쌓아 왔던 우울과 작별해야 했다. 그때부터 전문적인 심리 상담을 시작했고, 결핍된 나의 핵심 감정도 알게 되었다.

'부족함'이라는 결핍된 핵심 감정을 알고 나니, 부족하지 않음을 증명하기 위해 계속 쉬지 않고 일하며 완벽하게 해내려 했고, 대단하다는 말을 듣기 위해 맡은 일 이상으로 최선을 다했다. 하나가 끝나면 쉬지 않고 계속 새로운 일을 찾는 나를 보며 어느 날 상담 선생님께서는 '자해' 양상이 보인다고 했다. 요즘 자해하는 청소년들이 늘어나는데 자해는 날카로운 칼 등의 도구를 이용해서 자기 신체에 해를 가하는 것이다. 자신에게 고통을 주는 이유는 힘든 상황으로부터 도피하거나, 긴장과 불안을 완화하기 위함, 때론 자해할 때 생기는 통증을 통해 살아 있음을 느끼기 위해서다. 나는 뾰족한 칼 대신 일을 쉬지 않고 계속하며 극도로 피곤한 몸과 정신 상태를 만들어 살아 있음을 느끼고 있었다. 그리고 대단한 사람으로 인정받아 생기는 기쁨 호르몬 '도파민'을 끊임없이 공급받기 위해 나를 자해하고 있었다.

나를 객관화해 보니 어릴 적 따스함이 부족한 가정 환경에서 비롯된 정서적 결핍, 배우자와의 어긋난 관계, 끊임없이 열심히 살았지만 늘 부족하다고 생각하는 내가 불쌍했다. 그리고 가여워 안아 주고 싶었다. 지금도 '전혀 부족하지 않아.', '존재 자체로 소중해.'라고 내 모습 그대로를 사랑하고 인정하려 노력 중이다. 지나고 보니 때때로 찾아와 인생에서 맞이한 시련들은 결국 '나다움'을 찾기 위한 선물이었다. 그리고 다른사람 때문에 어쩔 수 없이 내려진 선택이었다는 잘못된 믿음은 결국 내 선택이었다.

개리 채프먼의 말처럼 사랑도 의지로 선택할 수 있듯, 내 인생도 내 의지로 선택하고 만들어 갈 수 있다.

만약 당신이 외롭거나 상처받은 내면 아이를 치유하고 싶을 때

사랑하는 사람과 헤어지게 되었거나 또는 홀로 아이를 키우게 되었을 때

가볍게 읽을 책을 찾다 '똥'이라는 글자가 눈에 들어와 이 책을 고르게 되었을 때

어떤 이유로 이 책을 만나게 됐든 앞으로 만나게 될 내 이야기가 당신에게 작은 위로가 되었길 바란다.

그리고 이 책을 읽는 사람 모두가 자신이 자신을 돕길 바란다.

'자신을 돕지 않고는 누구도 진정으로
남을 돕지 못한다는 것,
이는 인생이 주는 가장 아름다운 위로이다.'

– 랠프 월도 에머슨 –

'인생은 생각하는 대로 흘러간다.'

– 마르쿠스 아우렐리우스–

차 례

PART 3. 죽을 똥 살 똥 애쓰다

PART 4. 소화하다

PART 1

삼키다

1

마구잡이로 삼킨 결과

"오른쪽 손을 들고 그다음 왼쪽 다리를 내리고 난 후 오른쪽 다리를 올려 보세요."

상담 선생님이 안내하는 순서에 따라 몸을 움직여야 하는데 자꾸만 손과 발이 동시에 오르락내리락 정신이 없다. 깨어진 관계를 회복하기 위해 부단히도 애를 쓰던 서른한 살. 나의 서른한 살은 상처받고 구멍 난 마음에 상담이라는 진흙을 덧발라 간신히 매워져 가던 시절이다.

반면 내 이십 대는 나고 자란 동네에서 알아주는 시골 명문 고등학교를 졸업하고, 어찌어찌 서울 유명 사립 대학에 편입해 우리나라에서 손꼽히는 병원 취업까지 성공 경험을 쌓아 가던 시절이다. 어깨가 하늘 위로 솟구쳐 구름이 뚫릴 정도로 행복한 이십 대를 보냈다. 연애도 쉼 없이 지속했고, 배우고 싶은 것은 마음이 가는 대로 배웠다. 그림, 토익, 회화까지 섭렵하며 '내가 제일 잘 나간다.'라는 자의식에 깊이 빠져 살았다. 또 혼자 시간을 보내기보다 남는 시간의 무료함을 달래기 위해 어김없이 친구들에게 전화를 건다. 미주알고주알 남의 이야기까지 전해 가며 웃고 떠드는 시간이 적적한 시간을 보내기 안성맞춤이었다. 외모를 꾸미기 좋아하여 업무 스트레스를 푼다는 명목하에 직장 옆 백화점을 참새가 방앗간 들르듯 자주 드나 들었다. 옷이며 가방, 시계 등 오늘도 수고한 나에게 격려의 선물을 건넨다.

친구 관계에서도 오지랖 넓게 도와주다 되레 혼자 상처 받기 일쑤였다. 친구가 자신의 남자 친구가 저지른 만행을 내게 전할 때면, 어디서 들어 봄 직한 상담 언어와 방법을 동원하여 필사적으로 헤어질 것을 강력히 권고했다.

"그런 못된 사람 뭐 하러 만나니? 그냥 헤어져."

"이럴 때는 버릇을 단단히 고쳐야 해."

일방적으로 상대의 이야기 중 듣고 싶은 것만 쏙쏙 골라 듣는 경청 기술과 온갖 돌팔이 상담법을 전수하며 부정적 문제 해결책을 강압적으로 제시했다. 그런데 얼마 후 친구는 언제 그랬냐는 듯이 남자 친구와 다시 잘 지내고 결혼까지 하는 경우엔 여태 무얼 했는지 허망하기만 했다. 배움을 대하는 자세조차 내가 아닌 타인 중심이다. 겉으로는 내가 배우고 싶어서였지만, 정작 속내를 자세히 들여다보면 다른 사람들이 많이 배우니까, 요즘 추세니까 등 '까까 시리즈'를 만들었다. 배워야만 하는 이유를 끼워 맞추거나 보이는 것마다 덥석 물어 일단 실행에 옮긴다. 그러나 깊이 생각하고 고른 결정이 아니기에 금방 제풀에 지쳐 중도 하차하는 경우가 다반사다.

'선택한 결과가 내 삶에 어떠한 영향을 미칠지, 배움에 대한 태도는 남이 좋다는 것에만 끌려다닌 것은 아닌지 또, 내가 상대방에게 전했던 말은 그 사람 입장에서 꼭 필요한 말이었는지.' 생각조차 해 보지 못했다. 오직 경험상 옳다고 믿은 잣대로만 판단하고 행동했다. 똥인지 된장인지 제대로 분간조차 못하고 마구 잡히는 데로 밀어 넣으며 35년을 살았다. 언제 터질지도 모른 채.

그렇게 꽉 차게 밀어 넣다 결국 터져 버린 사건의 총결정체는 그야말로 '똥'이었다.

'자기중심적인 내 똥, 말로 상처 주는 말똥, 오지랖 넓게 설치던 설사, 깨어진 관계로 길가에 버려진 똥, 그러다 인생길 막힌 변비까지.'

"오른쪽 손을 들고 그다음 왼쪽 다리를 내리고 난 후 오른쪽 다리를 올려 보세요."

상담 선생님이 안내한 순서에 따라 움직이지 못하고 손과 발이 동시에 오르락내리락했던 이유를 이제야 알아차린다. 상대의 말에 귀 기울이기보다 내가 하고 싶은 말이 우선이었고, 원칙을 지키기보다 빨리 해치우기에 바빴던 모습들이 스쳐 지나간다.

'아! 생각 없이 아무거나 마구 먹으니 막힐 수밖에 없었구나!'

2

나를 만든 **모든 것들**

"어휴, 바지에 또 쌌어?"

"허구한 날 오줌에 똥에……. 바지 얼른 벗어!"

빨래를 또 해야 하는 엄마의 한숨 섞인 목소리에 어찌할 줄 모르던 다섯 살 꼬마 아가씨.

꼬마는 어려서부터 똥 이야기를 맛깔나게 했다.

"옛날 옛적에 할아버지와 할머니가 살았대. 어느 날 할아버지는 산에서 나무를 하던 중 갑자기 똥이 마려워 급하게 볼일을 보게 되었어. 그런데 아무 데나 똥을 버리고 올

수 없어서 검정 봉지에 담아 집에 도착했대. 할아버지가 잠깐 자리를 비운 사이 검정 봉지에 담긴 똥을 된장으로 착각한 할머니가 맛깔나게 된장국(?)을 끓여 맛을 본 거야. 그 모습을 본 할아버지가 뭐라 말했을까?"

"글쎄……."

"할멈, 검정 봉지 안에 들어 있는 건 된장이 아니라, 내 똥인데, 내 똥인데……."

코를 벌렁벌렁 대며 피식 새어 나오는 웃음을 참지 못하고 장난기 가득한 표정을 지은 꼬마는 아빠 엄마며, 사촌 오빠에 친척 언니, 큰아버지 할 것 없이 만나는 사람마다 똥 이야기를 전했다.

재미있고 신나는 이야기 소재로 쓰이던 똥은 어느 날은 공포의 대상이 되기도 했다. 아버지의 직장 발령으로 전라남도 신안군 소흑산도라는 작은 섬에 이사했다. 기륵기륵 갈매기 우는 소리가 푸른 바다 위 하늘을 향해 메아리친다. 찰싹찰싹 방파제를 연신 처대는 파도 소리 가득한 곳. 과자와 아이스크림은 한 달 중 딱 하루 목포에서 들어오는 배를 통해 만날 수 있는 귀한 음식. 해녀들이 물질해 잡아

온 소라, 멍게, 횟감이 가득한 이곳은 평화로운 서쪽 작은 섬마을이다.

그날도 어김없이 집에서 15분가량 떨어진 방파제 부근에서 친구들과 놀았다. 자갈밭 모래 위 키보다 한참 높은 방파제 위를 오르락내리락하며 친구들을 잡으러 뛰어다닌다. 얼굴에 양 볼은 벌게져 해가 숨바꼭질하듯 지평선 아래로 숨을락 말락 노을이 질 때까지 술래잡기 놀이는 계속 이어졌다. '까르륵까르륵' 배꼽 잡고 웃으며 놀던 행복도 잠시 갑자기 배가 '꾸르륵' 거리며 살살 아파진다.

"무궁아! 나 아무래도 배가 아파서 집에 가야겠어."
얼굴이 상기된 채 한 손으론 아픈 배를 부여잡고, 다른 한 손으로는 똥이 새어 나오지 않도록 왼쪽 엉덩이와 오른쪽 엉덩이 사이 움푹 파인 곳을 부여잡는다. 집에서 방파제까지 어른 걸음으로는 15분도 채 안 됐겠지만, 다섯 살 어린아이 걸음으로는 30분도 족히 넘는 꽤 먼 거리였다.

'바지에 똥 싸면 엄마에게 또 혼날 텐데……'

항문 주변에 있는 모든 괄약근을 있는 힘, 없는 힘 잔뜩 끌어모아 똥을 참아 본다. 하지만 똥은 내 간절함도 모른 채 애석하게도 팬티 위로 '톡' 떨어져 바깥세상을 구경했다.

'으악, 큰일 났다.'

바지 엉덩이 부분이 묵직해지더니 그 녀석의 무게를 이기지 못하고 점점 내려간다. 다리 사이를 벌려 어기적어기적 걷는다. 그렇지 않아도 갈 길은 먼데 걸음걸이마저 느려진다. 집에 가기는 더 싫다. 저 멀리 엄마와 동네 아주머니들까지 보인다. 창피하다. 혼날까 봐 무섭다.

팬티에 똥 지린 사건은 지금까지 생각날 정도로 속상한 기억이다. 동네 아주머니들 보는 앞에서 혼이 난 꼬마는 창피했고, 수치스러웠다. 어린 나이에 괄약근을 조절해 가며 똥을 참기엔 배 아픈 현실이 너무 가혹했다.

정신분석학의 창시자 지그문트 프로이트(S. Freud, 1856~1939)는 인간의 심리 성적 성격 발달 단계를 구강기, 항문기, 남근기, 잠복기, 생식기 총 5단계로 구분한다. 프로이트는 인간의 무의식적 욕구와 본능적이고 충동적인 측면에 대해 자세히 연구했다. 인간은 성 본능을 타고나며 성적 본능의 욕구 충족은 성격 형성에 결정적인 영향을 미친다고 주장하였다. 특히 태어나서 5세까지는 입, 항문, 남근으로 성적 본능을 충족했을 때 건강한 성격을 형성하는 반면 성인의 정신적인 문제 대부분은 어린 시절 경험과 관련 있음을 강조했다. 그만큼 유아 시기 부모의 양육 방식과 환경은 어린아이에게 미치는 영향이 크다는 것을 알 수 있다.

특히 항문기(18개월부터 3세까지)에는 항문 조임근 조절(배변 훈련)을 통해서 욕구 충족을 하게 되는데 부모는 배변 훈련이 잘되면 보상을 하게 되고, 실패하게 되면 훈육을 하게 된다. 지그문트 프로이트는 이때 아기가 처음으로 외부 환경을 통제하는 경험을 하게 되며 이 시기를 적절하게 보내지 못하면 지나치게 깔끔하고, 규칙을 준수하며, 완벽주의 성향과 심하게는 결벽적인 성격을 갖게 될 수 있다고 언급했다. 그래서 이 시기의 아동을 키우는 부모는 강압적인 배변 조절 훈련은 자제해야 한다. 어떤 아이라고 똥, 오줌을 옷에 지리고 싶겠는가!

부모는 대소변을 가리지 못하는 원인을 살피는 것보다 대소변이 묻은 속옷이 피부에 닿아 불편했을 아이의 마음을 먼저 공감해 주고 신체를 청결하게 도운 후 할 일이다. 당장 빨랫감이 늘어나 힘들 수는 있지만, 아이는 대소변 가리는 훈련 중 자주 실수할 수 있기에 양육자는 민감하게 관찰하며 너그러운 태도를 보여야 한다. 그래야 아이가 수치스러움 또는 위축되지 않고 발달 속도에 맞춰 적절하고 안정감 있게 성장해 나갈 수 있다.

그 당시 똥 참기에 실패한 다섯 살 꼬마 아가씨가 엄마에게 듣고 싶었던 말은 '괜찮아. 우리 딸 집까지 오는 동안 배가 아주 아팠을 텐데 참느라 고생했겠네.', '똥이 살에 묻어 불편했겠구나!', '어서 개운하게 씻자!'

영 · 유아기를 거쳐 학령기를 지나 성인이 될 때까지 듣고 만지고 경험한 모든 것들은 한 인간의 성격 형성에 많은 영향을 미치게 된다. 지금에서야 보인다. 부모에게서 듣고 자란 말들의 결정체가 지금의 '나'인 것을.

    우리는 내가 사랑하는 가족과 자녀들에게 어떤 언어를 들려주고 있는가?

    내가 성장하며 듣고 자란 말은 어떤 형태의 언어였나?

    따뜻했나? 아니면 차가운 말들이었나?

    지금 읽던 책을 잠시 멈추고, 내 인생에서 중요한 사람들에게 요즘 어떤 말을 전하고 있는지 생각해 보면 어떨까?

밟지 말아야 할 것을 밟고 말았다

정나은의 지식 EDDITION 1:
지그문트 프로이트의 심리 성적 성격 발달 단계

정신분석학의 창시자, 지그문트 프로이트(S.Freud, 1856~1939)는 성격 발달에 성적 본능이 중요한 역할을 하며 감각적 쾌락과 성 심리라는 단어를 사용했다. 신체 특정 부위의 심리학적 중요성은 새로운 쾌락과 갈등의 근원이 발달 단계를 거치면서 신체의 한 부분에서 다른 부분으로 전이된다고 하였다.

1) 구강기 (0~18개월)
- 빨기, 씹기, 소리내기 같은 구강적 행위 중심으로 쾌감을 느끼는 시기.
- 이 시기는 잘 지내면 타인을 신뢰하며 자신감, 사교적, 긍정적 성격이 형성된다.
- 고착 현상: 구강 욕구가 불충족스럽거나 과다한 욕구 충족으로 수동적이거나 의존적, 자기중심적이다. 엄지손가락 빨기, 담배를 자주 피우는 사람, 술 먹고 마시기, 폭식 등 먹거나 마시거나 말하는 행동에 집착하며 불평, 불만과 말로 상대방을 공격하면서 쾌감을 느낀다.

2) 항문기 (18~24개월)

– 괄약근이 발달하고 대변을 참거나 누는 것이 가능해짐에 따라
마음의 주된 관심은 항문, 요도로 배변, 배뇨이다.

– 배변 훈련에 배변의 통제 능력 획득하여 자율성이 형성된다.

– 고착 현상: 인격 발달 장애로 과잉 만족은 청결, 질서에 강박적,
무엇이든 아끼고 보유, 인쇄, 완벽성 과잉 좌절은 불결, 지저분
하고 낭비벽이 심하며, 양가감정, 죄책감, 분노를 느낀다.

3) 남근기 (3~6세)

– 생식기와 음경으로 쾌락을 추구한다.

– 남녀의 성 차이를 인식하고 성 차이에 호기심을 가진다.

– 남근기를 잘 보내면, 사회적 성 정체감(gender identity)을 형성한
다. 즉, 그가 속한 사회에서 인정되는 남성 다움, 여성스러움, 성
적 역할에 따라 성적 정체성을 갖는다.

– 고착 현상: 심한 불안, 반사회적 인격 장애, 남근기에 고착되면
성별 불쾌감, 노출증, 관음증 등 성생활에 지장을 초래한다.

4) 잠복기 (6~12세)

– 본능적 욕구는 잠재화되어 평온한 시기로 성적 욕구와 흥미가 약해진다.

– 사회화 시기로 또래와의 집단 형성을 이루어 사회적 관계를 발전하며, 부모와 동성 친구와 동일시로 자아가 발전하고 초자아가 확립된다.

– 잠복기를 잘 보내면, 집단생활에 유연한 인격 형성으로 대인 관계가 원만해지며, 사회적 적응 능력이 향상된다.

– 고착 현상: 학업 실패, 열등감, 사회 적응 장애, 동성 간에 느끼는 정상적 동성애 시기로 정서적 고착이 심하면 성인 동성애로 발전한다.

5) 성기기 (13~19세)

– 성적 욕구가 쾌락의 근거가 되는 시기이다. 마지막 단계이며 성호르몬 분비로 생식 기관이 성숙하고, 성기에 관심이 집중되는 시기이다.

– 사춘기 호르몬 변화로 잠복기 동안 억압되었던 리비도 에너지* 가 강한 성적 충동으로 재출현한다. 따라서 이성 애착이 증가하며, 사회적으로 용납하는 범위 내에서 성적 욕망을 다룬다.

- 고착 현상: 정서적, 경제적 독립이 어렵고 정체성과 미래 목표 설
  정에 지장을 초래하고 만족스러운 친밀한 관계 형성이 어렵다.

* 리비도 에너지: 정신 분석학에서 인간 행동의 밑바탕을 이루는 성적 욕망.

출처: 『정신건강간호학 9판』, 권영란, 현문사, 2023

3

단 한 사람에게 **인정 한 방울**

'탕' 출발을 알리는 총소리. 결과는 5등.
그리고 거짓말로 바뀐 달리기 등수는 '3등'

나는 반평생 다른 사람으로부터 인정받고 싶어 몸부림
치던 사람이었다. 특히 세상에서 가장 사랑했던 사람이자
내 인생 전부였던 엄마에게 칭찬받고 사랑받고자 부단히
애쓰며 살았다. 6살 유치원 달리기 시합 당일 거짓말 사건
은 엄마에게 칭찬받고 싶어 했던 한 아이의 간절한 마음을
고스란히 담고 있다. 구름 한 점 없이 맑고 푸른 가을하늘.

하늘 위 촘촘히 수 놓인 만국기가 바람에 펄럭이며 나에게 인사를 한다. 그때까지만 해도 앞으로 일어날 일들은 까마득히 모른 채 마냥 즐거웠다. 달리기를 잘하고 싶은 긴장 감과 설렘까지 즐거운 마음에 혼연일체 되었다.

거짓말로 바뀐 달리기 등수 '3등'은 늘 지쳐있던 엄마 얼굴을 미소 띠게 하는 데 꽤 성공적이었다. 생각지도 못하게 친구들이 집에 놀러 와 진짜 내 등수를 엄마가 알게 되기 전까진 적어도 그랬다.

"왜 또 거짓말을 한 거야. 거짓말은 절대 하면 안 되는 거야." 엄마는 또 한 번 실망 가득한 목소리로 나를 혼냈다.

'겨우 여섯 살밖에 안 된 나는 달리기 등수를 바꾸면서까지 왜 거짓말을 했을까?'

'엄마는 거짓말 안에 감춰진 진짜 내 속마음을 왜 보려 하지 않았을까?'

나이 서른여섯에 겪은 내 인생사 통틀어 가장 힘들었던 '똥 밟은 사건'은 그동안 '나'라는 사람이 만들어지게 된 모든 것들에 의문을 던지게 만들어 준 마중물이 되었다.

'나는 왜 칭찬과 인정에 목마른 사람이 될 수밖에 없었나?'

'엄마에게 거짓말을 하게 된 그 아래 마음이 무엇이었을까?'

지금에 와 생각해 보면 바꿔치기 등수 '3등'은 나름 최소한의 양심(?)이 꾹 담겨 있었다. 금·은·동처럼 사회에서 인정해 주는 순위 시스템을 여섯 살 어린 나이에도 이미 알고 있던 것이다. 1등이나 2등이라고 하기엔 내가 가진 달리기 능력치와는 많이 동떨어져 있다고 생각했다. 그래서 3등으로 결정한 등수는 양심이 충분히(?) 반영되었음을 알 수 있다.

어려서부터 결혼할 때까지 부모님의 다툼을 시도 때도 없이 보고 자라왔다. 감정 조절이 어려워 늘 폭력적인 아버지와 폭력 앞에 무력했던 엄마. 두 사람에게서 오가는 고성과 서로를 비판하는 말들은 안 그래도 작은 간을 더 조그맣게 만들었다. 오늘은 어떤 물건이 날아들까를 전전긍긍하며 지냈던 시절을 생각해 보면 지금도 심장이 벌렁댄다. 엄마는 항상 지쳐있었다. 입가엔 웃음기를 잃은 표정과 아픈 마음을 온전히 수용 받지 못해 한 섞인 혼잣말을 자주 했던 모습이 지금도 눈에 선하다. 그래서 오로지 엄마를 기쁘게 해 줄 방법만을 찾았다. 그렇게 찾은 방법은 공부를 열심히 하는 것, 끊임없이 우수한 성적과 좋은 결과를 내는 것이 어린 내가 엄마를 힘나게 할 수 있는 유일한 방법이었다. 그래서 여섯 살 꼬마는 지친 엄마를 기쁘게 해 줄 방법으로 달리기를 선택했다.

매슬로의 욕구 단계설(Maslow's hierarchy of needs)에 의하면 인간의 욕구 단계를 총 5단계로 설명한다. 이 중 사람이 원하는 최고 욕구 단계는 자아를 실현하는 단계이며, 자아실현 바로 앞 단계가 존중 단계이다. 존중은 자존 욕구라고도 표현되는데 명성, 명예, 그리고 타인으로부터 인정받고 싶은 욕구를 의미한다. 인간이 태어나 어린 시절 자신에게 큰 영향을 미치는 부모로부터 사랑받고 인정받지 못한다면, 성인이 되어서도 나 아닌 다른 사람으로부터 끊임없이 승인받고 인정받으려 애쓰며 살게 된다.

간호사에서 교사로 이직하기로 마음먹은 33살. 그 후로 교사가 되기까지 꼬박 5년이 걸렸다. 그래도 어려서부터 의자에 궁둥이 붙이고 오래 앉아 있는 것만큼은 자신 있었다. 단련된 엉덩이 힘만 믿고 도전한 임용 시험 합격 소식은 갑작스러운 '똥 밟는 사건'으로(똥 밟은 사건의 자세한 이야기는 앞으로 나올 것이다.) 예상했던 것보다 오래 걸렸다. 수험 생활이 길어질수록 손녀를 돌봐 주시던 부모님께 점점 대역 죄인이 되어 갔고, 이전부터도 낮았던 자존감은 점점 마이너스를 달리게 되었다.

'엄마 미안해. 나름대로 열심히 공부했는데 올해도 결과가 좋질 않았네. 합격해서 그 누구보다 엄마를 기쁘게 해 주고 싶었는데……, 이번에도 어렵게 되었네요.'

평소 살갑지 못한 나는 엄마에게 메시지를 보내기까지 몇 번을 썼다가 지운 줄 모른다. 고민 끝에 어렵게 마음을 전했지만 4년이 지난 지금까지도 답장은 없다.

최종 합격이 된 날도 오랜 수험 생활로 가족 모두가 지쳐서인지 제대로 된 축하조차 받지 못했다. 시도 교류를 위해 다시 임용 시험에 도전하여 얻은 두 번째 합격한 날도 역시 마찬가지였다. 또, 교사 생활을 하며 받은 표창장과 공저를 통해 책이 출간된 순간에도 인색한 반응은 여전히 진행 중이다.

노력했던 과정을 인정받지 못해서인지 나는 다른 사람이 가진 장점을 그냥 지나칠 수 없다. 그 사람의 숨은 노력까지도 소중히 여기고 표현하려 한다. 누군가는 부모의 칭찬과 격려를 매일 삼시 세끼 먹듯 자연스레 받은 사람도 있겠지만, 어느 누군가에게는 인정 한 방울조차 받기 어렵기도 했다.

'우리 나은이 잘했다. 정말 대단해!'

'어려운 상황에서도 꿈을 포기하지 않고 도전하여 결국 교사가 되었구나! 또, 이번엔 학생들을 잘 지도해서 표창도 받았구나!, 두 번째 꿈인 작가의 삶도 엄마는 응원한다. 나은아.'

단지 이 말을 듣고 싶었다.
단 한 사람에게.

정나은의 지식 EDDITION 2:
매슬로우(Maslow)의 욕구 계층 이론

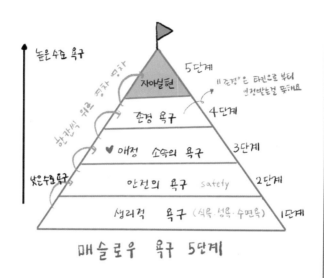

매슬로우 욕구 5단계

매슬로우에 따르면 인간의 행동은 기본적 욕구에 따라 동기화 된다고 하였다.

인간의 욕구는 수평적으로 놓여있기보다 수직적으로 낮은 단계에서 높은 단계로 올라간다.

즉, 하위 수준의 욕구가 반드시 충족되어야 상위 수준의 욕구가 동기 유발의 힘을 얻게 되어 다음 단계로 이동 가능하다. 낮은 단계의 욕구가 충족되지 않으면 그다음 단계 욕구로 진행되지 않는다.

출처: 『권지수 교육학』 권지수, 박문각, 2019

4

욕심은 당연해

'정…, 정…, 정….'

두 눈을 동그랗게 뜨고 간절한 마음으로 벽에 붙은 참가자 명단을 요리조리 살펴봐도 내 이름 석 자는 보이지 않는다. 피아노 개인 지도가 끝나고 부리나케 집으로 달려간다. 음악회 연주자 명단에서 제외되어 속상해하는 딸의 마음이 이내 신경 쓰였던지 엄마는 다음 날 원장님을 찾아뵙는다.

"나은이가 피아노 연주자 명단에 없어 속상해하는데 혹시 이번 연주회에 참가할 수 있을까요?"

원장님과 면담 이후 마침내 꿈꾸던 피아노 연주를 할 수 있게 되었다. 그 당시 엄마와의 대화를 떠올려 보면 매달 모든 원생이 연주하기 어렵기에 격 달로 참가 기회가 주어졌다. 딸을 사랑하는 엄마의 마음과 원생의 속상한 마음을 알아주신 원장님이 계셨기에 내가 원하는 바를 이룰 수 있었음을 이제는 알 수 있다.

　어려서부터 하고 싶은 게 많고, 꼭 해 봐야 직성이 풀리는 욕심 많던 아이.
　그래서인지 성인이 되어서도 다양한 분야에 양다리, 문어 다리를 걸쳐 가며 무턱대고 시작하지만 금방 숨이 차올라 중간에 멈춰 버린 경험도 허다하다.
　'왜 한 가지를 오래 배우지 못하지?'
　'왜 욕심이 많은 걸까?'
　'왜 깊이 생각하지 않고 충동적으로 배움을 선택하지?'
　이런 질문들은 꼬리에 꼬리를 물어 사려 깊질 못하고, 끝까지 완주하지 못한 채 '하다 마는 사람'으로 자신을 스스로 낙인찍게 되었다.

2022년 3월. 전남 목포에 있는 작은 시골 학교를 면직하게 되면서 잠깐의 휴식기를 갖게 됐다. 그때 하루를 대충 때우며 사는 내 모습이 싫어 미라클 모닝을 시작하게 된다. 아침 운동으로 하루를 깨우고, 처음으로 '블로그'에 기록을 시작했다. 기록 덕분에 그간 머릿속에서 둥둥 떠다니기만 했던 생각들이 활자로 정리됐고, 글을 썼을 뿐인데 오히려 삶이 단순해지고 명료해지는 경험을 맛보았다. 또, '나'라는 사람에 대해 자세히 들여다보는 시간도 갖게 되었다. 생각을 기록하고 기록된 글자를 다시 읽어 보니 그동안 나에 대해 가진 생각들이 꽤 의심 많고, 엄중한 잣대로 부정적으로 평가되고 있음을 알게 되었다.

- 한 가지를 진득하니 오래 배워 나가지 못함은 경험해 보니 내가 진정으로 원하는 것이 아니었음을.
- '나는 왜 욕심이 많을까?'에 대한 생각은 인간은 누구나 잘살고자 하는 마음이 당연하며, 욕심을 갖는 건 나쁜 것만은 아니었음을.
- 깊이 생각하지 않고 충동적으로 배움을 결정했다는

불편한 마음은 그만큼 성장하고 싶고, 배움에 대한 열정이 진심이었음을. 그리고 나는 단지 새롭게 배우는 것을 좋아하는 성향이었다.

현실에 안주하기보단 어제보다 좀 더 나은 내일의 '나'에서 행복을 느끼는 사람이다. 그래서 배움에 이리저리 기웃거려도 보고, 아니다 싶으면 다시 돌아오기도 했다. 새로운 시도도 해 봤기에 실패를 경험하기도 했다. 그리고 그중에 얻어걸린 나름의 성취도 있었다.

우리가 똥을 눌 때도 마찬가지다. 마음을 단단히 먹고 기필코 화장실에 가서 대변을 볼 수도 있지만, 그냥 오줌을 누러 갔다가 얼떨결에 똥을 누기도 한다. 뭐든 해 봤기에 결과도 있는 것이다.

내가 남보다 욕심이 과하다는 생각이 올라온다면 그 즉시 생각을 잠깐 멈춰 보자. 내 욕심이 과해서 남에게 피해를 주는 경우라면 잘못이지만, 그렇지 않다면 그 열정을 믿고 여기저기 기웃거려 보자. 그러다 그중 내가 진정으로 원하는 것을 만났다면 좀 더 깊게 알아가 보자.

오늘 품었던 마음에 귀 기울여 보고, 진정으로 원하는 삶이 무엇인지 나 스스로에게 질문해 보자. 내가 원하는 욕구와 욕망에는 다 이유가 있다.

어릴 적 넉넉지 않은 가정 환경으로 피아노를 갖지 못했다. 9살 꼬마는 학원에 가야만 피아노를 연주할 수 있었다. 그래서 꼬마는 학원에서 여는 작은 음악회에서 만이라도 피아노 치는 모습을 부모님께 보여 주고 싶었다. 꼬마도 계획은 다 있었다.

단순하게 생각하자.
'싸면 나온다.'
'하면 결과는 무조건 있다.'
'아무것도 시도하지 않으면 아무 일도 일어나지 않는다.'

행동은 내 생각과 마음의 결정체다. 내가 지금 하고 싶은 일이 있다면, 그리고 그 행동이 결코 타인에게 피해를 주지 않는다면 그냥 자신 있게 밀고 나가보자.

자고로

'똥은 싸야 제맛.'

'욕망 한 덩이는 오케이.'

5

내 감정에 안녕을 묻다

'나만이 가진 삶의 기준이 있는가?'

'기준을 가지기 시작했다면 그때는 언제쯤인가?'

'어떤 계기로 갖게 되었나?'

'그럼, 기준을 알고 난 이후 생활에 변화가 찾아왔는가?'

정상, 그리고 건강하다. 즉 안녕(Well-bing)의 기준은 대변을 보는 횟수와 주기, 색깔, 모양, 크기 등 '똥'에서도 쉽게 찾아볼 수 있다. 대변은 음식이 소화된 후에 장에서 배출되어 배설되는 노폐물이다.

보통 우리가 음식물을 섭취하면 위–대장 반사로 인해 위와 십이지장이 팽창되고 결장이 강력하게 수축하여 상행 결장의 내용물이 하행 결장으로 그다음 S상 결장에서 직장으로 이동된다. 대변이 직장으로 들어가면 직장이 확장되고 직장 벽 압력 수용체에서 압력이 감지되면 구심성 신경인 음부 신경과 골반 신경을 통해 배변 중추(천수, 요수, 시상하부)로 보내진다. 이 과정을 우리가 통상적으로 '똥이 마렵다.'라고 인지하고 정상적인 배변 활동을 시작하게 된다.

　학교 보건실에 방문하는 환자 중 복통을 호소하는 경우가 개인적으로 제일 어렵다. 복통의 원인은 다양하다. 증상을 보고 만져 봐서 질환의 원인을 찾을 수 있는 간단한 문제가 아니다. 급체를 한 경우엔 약을 줄 수 있어 다행이지만, 장이 꼬여 장폐색이 되거나 충수에 염증이 생긴 경우에는 응급으로 수술해야 할 정도로 심각한 상황이다. 그런데 이때 진통제 투약은 절대 금기시된다. 진통제가 통증을 감소시킬 수는 있지만 병이 진행되면서 나타나는 증상을 오히려 은폐시켜 염증이 더 심해지고, 충수가 천공될

위험성까지 높아지기 때문이다. 엑스레이, 초음파, CT 기계가 없는 보건실에서는 당연히 정확한 진단을 하기가 어렵다. 물론 학교는 진단할 수 없는 곳이기도 하다. 진단은 의사의 역할이기 때문이다. 그럴 때마다 보호자에게 연락하여 병원을 가 보도록 권유하는 게 최선인 셈이다.

삶을 대하는 기준을 묻더니 갑자기 똥이 마렵게 되는 생리적 기전을 말하는 이유는 무엇일까?

다시 보건실 이야기로 돌아가 보자. 배가 아프다는 아이는 조선 시대 왕이 되고 나는 의녀가 되어 다음과 같이 학생 왕에게 질문한다.

"배가 아프기 전에 먹은 식사는 무엇입니까?"

"똥은 언제 마지막으로 보셨습니까?"

"화장실은 일주일에 몇 번이나 가십니까?"

"지금 똥이 마려우십니까?"

똥이 마려워 화장실에서 큰일을 보고 온 학생 왕께는 다음과 같이 질문한다.

"똥의 양은 어떻습니까?"

"똥의 색깔은 무슨 색입니까?"

"똥의 점도는 딱딱합니까, 아니면 무르옵니까?"

"이번에 싼 똥은 며칠 만에 싼 똥입니까?"

"똥을 누고 온 다음, 배 아픈 것은 어떠십니까? 지금도 아프십니까?"

내 똥도 안 궁금할 때가 많은데 학생 왕께는 작은 것 하나까지도 세심하게 묻는다. 하지만 조선 시대처럼 왕의 건강 상태를 확인하기 위해 차마 똥을 맛보진 못했다. 이렇게 '똥의 안녕'을 물으며 설사인지, 변비인지, 장염으로 인한 증상인지를 살펴본다. 건강한 똥의 기준을 알면 건강 상태가 정상인지 비정상인지를 구별할 수 있고 질환까지도 감별해 낼 수 있다. 똥의 기준을 아는 것처럼 내 인생의 기준에도 끊임없는 관심이 필요하다.

살아온 환경과 맥락, 그리고 경험이 곧 나를 결정한다. 그리고 그것은 삶의 기준이 된다.

인생의 여러 행로마다 우리는 중요한 선택을 하게 된다. 자라나면서 부모와 그 밖에 여러 사람과 관계 맺은 다양한 경험들이 모여 가치관을 형성한다. 이렇게 만들어진 가치관이 결국 내 삶의 기준이다. 보고, 듣고, 경험한 전부가 바로 나인 것이다.

내 경우엔 부모님의 말씀과 행동이 배우자를 선택하는 기준을 결정하는 데 많은 영향을 미쳤다. 담배를 피우지 않는 사람, 남보다 자기 자신과 가족을 우선으로 두는 사람 그 밖에도 술주정이 없고, 폭력을 사용하지 않으며 감정 조절을 잘하는 사람, 경제적 능력이 많은 사람. 영리한 사람.

모든 게 완벽한 조언이었다. 하지만 겉으로 화려하고 보기 좋은 기준도 본질을 들여다보지 않으면 빛 좋은 개살구가 될 수 있다. 살아오면서 옳다고 믿어 온 가치들이 정말 사실인지 아닌지를 내가 직접 하나하나 살펴보아야 한다. 또, 다른 사람의 생각을 쫓아 당연하게 결정된 것은 아니었는지를 항상 유념해야 한다. 돌이켜 보니 일평생을 함께할 반려자를 찾는데 나름 정한 기준은 부모님의 생각과 말이 전부였다. 그런데 기가 막히게도 '부모님께서 전수한 배우자 선정 기준'에 언급조차 이루어지지 않았던 한 가지 이유가 내 인생을 똥 밟게 했다.

남에게 폐 끼치지 않으며 열심히 두 손, 두 발로 하나 하나 삶을 일궈 낸 부모님을 존경한다. 내 부모님도 그들의 부모로부터 나고 자라며 지금의 가치관을 형성하기까지 많은 영향을 받았을 것이다. 그리고 세대를 거쳐 전수해 온 가치관은 가치가 높든, 잘못된 가치든 매 선택의 순간을 동행한다. 부모님 삶의 기준이 내 인생으로 스며드는 데 정확히 삼십여 년이 걸렸다. 내가 알고 있는 답이 전부라 믿고 인생 제2막을 열었다.

그때는 몰랐다.
내가 알고 있던 기준 외에 다른 기준도 분명히 있을 수 있음을.
그리고 전수된 기준이 모두 옳은 건 아닐 수도 있었음을.

정나은의 지식 EDDITION 3:
브리스톨 대변 척도 (Bristol stool scale)

브리스톨 대변 척도(Bristol stool scale)란?

인간의 대변 상태를 7가지로 나눈 의학적 진단 도구이다. 1997년 영국 브리스톨 왕립병원 내과의사 스티븐 루이스와 켄 히튼이 제안했다. 대변의 상태를 평가하고, 장 관련 치료 효과 판정에 사용한다. 1형과 2형은 변비, 3형과 4형은 부드럽게 변을 볼 수 있으면 정상, 5형은 식이섬유가 부족한 상태, 6형과 7형은 설사를 나타낸다. 1형과 2형은 여자에게 많고 5형과 6형은 남자가 많다.

똥은 음식물 찌꺼기와 수분, 장 속 세균이 모여 만들어져, 장에서 천천히 수분을 흡수해서 적당한 굳기로 만든다. 그래서 먹은 음식이나 마신 수분의 양, 그리고 장 속에 머물러 있는 시간에 따라 똥의 모양과 단단한 정도가 달라지는 것이다.

브리스톨 대변 척도
(Bristol Stool scale)

① 심한 변비    토끼똥 염소똥

② 가벼운 변비   울퉁불퉁 ∼

③ 정상   가벼운 정상변

④ 정상   바나나 모양

⑤ 섬유질 부족   울컹울컹

⑥ 가벼운 설사   진흙같은

⑦ 심한 설사   물 설사 촤악 나오~ㄴ

출처 『똥 수업』 유자와 노리코, 지경사
출처 〈참 쉬운 의학용어사전〉

6

변치 않았으면

멀리 햇빛 사이로 비치는 그 사람의 인상이 참 좋았다. 유난히 따뜻했던 봄을 처음으로 함께 했다. 웃으면 눈은 반달이 되었고, 조용하면서도 가끔 던지는 말들에 위트가 묻어났다. 좋지도 나쁘지도 않았던 첫 만남. 그냥 적당했다. 그렇게 우린 가볍지도 무겁지도 않은 대화를 이어 나갔다. 3개월이 지날 무렵. 처음 만났을 때부터 나를 만나고 느낀 단상을 적은 소셜 미디어를 알려주기 전까지 그에게 아무런 관심조차 없었다. 그런데 이상하게 그날 이후로 한 사람을 사랑하게 되었다.

'본래 사랑은 없다. 단지 의미를 부여했을 뿐이다. 그리고 의미를 부여했던 생각들이 모여 곧 사랑이 되었다.'

그게 시작이었다.

성격도 무던했고, 하루에도 감정 기복이 오르락내리락 심한 나와 비교하면 차분했다. 속상한 일이 생겨 논쟁을 벌여 봐도 똑같이 감정적으로 대응하지 않았다. 오히려 상대방의 의견을 그냥 따라 주었다. 그래서 큰 다툼으로 번지지 않았다. 그리고 그 모습이 한결같아 좋았다. 감정변화 없는 일관된 성격이 언제나 내 편일 것 같았다.

7년이라는 오랜 연애 기간. 게다가 서울에서 여수까지 장거리 연애를 하다 보니 하나둘씩 다른 사람을 소개받아 보라는 주변의 권유가 심심치 않게 들린다. 하지만 흔들리지 않는 우직함, 그리고 선한 인품을 믿고, 오랫동안 만나면서 생긴 깊은 정을 뒤로할 수 없었다. 그렇게 우리는 만남을 계속 이어갔다. 내 나이 서른이 넘자 점점 조급해진다. 마음이 조급해질수록 우리가 함께할 미래를 구체적으로 이야기조차 나누지 않는 상대가 무심해 보였다. 때론 외사랑 같아 쓸쓸했고, 혼자만 결혼하고 싶은 사람처럼 안달이 난 느낌이 들어 점점 더 속상해졌다. 당장 결혼에 대한 답이 없어 거절당한 기분이었지만, 만약 결혼한다면 그 사람과 하고 싶었다. 기나긴 설득(?) 끝에 우리는 7년 연애를 종결하고 결국 혼인 신고를 했다. 그렇게 우린 결혼보다 빨리 법적으로 부부가 되었다.

수화기 너머로 엄마의 목소리가 들린다.

"잘 지내고 있어?"

"응, 잘 지내고 있지. 오빠가 얼마나 잘해주는데. 시집 정말 잘 가는 것 같아."

"살아 봐야 알지." 엄마가 말한다.

"아냐 엄마, 정말 좋은 사람이야. 착하고, 조용하고, 아빠처럼 욱하는 성질도 없어. 그 점이 제일 마음에 들어."

좋은 사람이라 호언장담하며 그동안의 연애 경험으로 의미 부여한 '사랑의 확신'을 엄마에게 읊어댔다. '살아 봐야 알지.'라며 걱정 섞인 엄마의 대답이 복선이라도 된 걸까? 변치 않을 것만 같던 사랑의 확신은 내 마음과 정반대가 되어 있었다. 서울에 신혼집을 구할 자금이 부족했다. 그래서 대출이 필요했고 혼인 신고를 서둘렀다. 7년을 사랑하며 연인으로 지낸 사람에 대한 믿음이 결혼보다 앞선 혼인 신고도 가능케 했다.

이른 새벽. 시계 알람인 줄 알았던 휴대전화 소리는 메시지 도착을 알리는 신호였다.

'문자를 보시면 010-xxxx-xxxx로 연락해 주세요.'

예비 남편의 핸드폰 번호로 메시지가 도착해 있었다. 전날밤 회사 회식으로 집에 늦게 들어간다는 마지막 통화 후, 잠에서 깨어 보니 다른 사람으로부터 남겨진 문자였다. (혼인 신고는 했지만 결혼 전까지 함께 살지 않았다.)

사람에 대한 믿음의 척도를 숫자로 나타낼 수 있다면 당시 예비 남편을 향한 점수는 100점 만점에 1,000점이었다. 특히 부모님이 은연중에 삶에서 전수한 남편감 고르는 기준에 비하면 차고도 넘치는 점수였다. 이름도 얼굴도 모르는 사람으로부터 발송된 문자를 받기 전까지만 해도 그 점수가 변치 않았으면 했다. 아니 영원했으면 했다. 다른 건 다 변해도 이 사람만은 변치 않았으면 했다.

PART 2

막히다

1

변해 버린 **마음**

막상 새벽에 도착 한 문자를 읽고 보니, 남자 친구(예비 신랑)가 걱정됐다.

전날 먹은 술에 취해 밖에서 잠들어 회사 후배가 연락한 것인지, 아니면 모르는 사람이 잃어버린 핸드폰을 길거리에서 줍기라도 한 건지 궁금했다. 문자를 확인하자마자 잠이 덜 깬 눈을 비비며 바로 답장을 보냈다.

'새벽에 문자 받고 연락드려요.'

'혹시 A를 아시나요?' 오히려 상대방이 나에게 남자 친구를 아냐고 묻는다.

'네, 제가 아는 사람인데요. 그런데 연락하신 분은 누구시죠?'

'저는 A를 아는 사람인데, 그쪽은 누구신가요?'

이상했다. 이름 모를 상대방은 물어본 질문에 답하지 않고, 되려 보낸 문자 그대로 다시 나에게 돼 물었다. 간결히 주고받은 텍스트 뒤로 서로를 탐색하는 기류가 흐르고, 방어적인 긴장감까지 감돈다.

'그쪽이 누구시냐고 먼저 물었습니다.' 잠들어 있던 온몸의 감각 세포가 깨어나 신경이 날서 오른다.

'저는 A의 여자 친구입니다.'

'여자 친구? 여자 친구는 여기, 아니 예비 신부가 여기 있는데……. 내가 갑자기 육체이탈이라도 한 것일까?' 갑자기 뒤통수부터 척주 세움근까지 무언가가 빠르게 뜨거워지다 못해 화끈해진다. 살면서 처음 겪는 느낌이다.

'여자 친구요? 저는 A씨와 혼인 신고까지 마친 사람입니다.' 누가 더 가까운 사이인지 겨루기라도 하는 듯했다. 질문에 답은 했지만, 왠지 모르게 씁쓸했다.

'결혼……, 했다고요?'

'네 그렇습니다. 그런데 A씨 여자 친구라는 게 무슨 말일까요?' 동명이인이기를 간절히 바랐다.

'저는 A와 사귄 지 7개월 된 여자 친구라고요.'

상대로부터 확인 사살을 받았다. 어안이 벙벙하고 머리가 빙빙 돌았다. 다시 정신을 가다듬고 말을 이어나갔다.

'저는 7년을 연애하고, 지금은 혼인 신고하여 A는 제 남편입니다.'

또다시 '누가 더 친한가요?' 코너 속 배틀이 시작되었다. 청천벽력, 낭떠러지 끝에서 추락하는 기분이 이런 기분일까? 롤러코스터 가장 높은 곳에서 저 멀리 경사도 없는 90도 직각 아래 땅속으로 심장이 내려꽂힌 상태라고 설명하면 이해할 수 있을까?

겪어 보지 않으면 절대 모를 고통이었다.

<유튜브, 지식인사이드>에서 신은숙 이혼 전문 변호사는 배우자의 외도로 인해 겪은 피해자들의 고통을 다음과 같이 언급했다.

잠을 잘 수도 없었고, 먹을 수도 없고

앉아 있을 수도 없고, 서 있을 수도 없고

어떻게 할 수가 없었다.

출근길이 만릿길 같았다. 가슴이 두근거리고, 머리가 어지러웠다. 식음을 전폐했다. 아무런 의욕도 없었다. 어디로 걸어가야 할지 몰랐다. 그렇게 가다 서기를 무한 반복한 출근길 아침이었다.

만난 지 7개월이 되었다면 결혼을 약속하고 양가 부모님과 상견례를 할 시점이었다. 그때 상대방은 어떤 심정이었을까? 결혼을 앞둔 두 자녀에게 축복해 주시는 양가 부모님을 앞에 두고 그 자리가 불편하지는 않았을까? 결혼을 물리고 싶지는 않았을까? 앞으로 한 사람만 바라보고 살아야 하는 것이 부담스러웠나? 왜 그랬을까?

결국 사건이 발생하고 보니 그동안 의심스러웠던 상대의 행동들이 파노라마처럼 머릿속을 빠르게 지나간다. 그리곤 하나둘 퍼즐이 맞춰지기 시작했다.

그 사람의 핸드폰 속 갑자기 사라진 내 사진들, 잠금으로 굳게 닫힌 핸드폰. 신혼집 이사로 딱 하루 남자 친구 자취방에 머물고 싶었지만, 핑계뿐인 거절. 결국 토라진 나를 달래기 위해 가까스로 함께는 했지만 마음속 깊이 자리 잡은 서운함을 걷어 내긴 어려웠다.

앞으로 우리가 함께할 미래와 계획을 알고 싶었다. 그래서 물었지만, 되돌아오는 반응은 빙빙 겉돌고 논점을 흐린 대답들뿐이었다. 마음과 마음을 나누는 대화를 원했지만 한 사람만이 가진 간절함만 가지고는 쉽지 않았다. 욕구를 제때 잘 표현하는 방법도 몰랐고, 서운한 감정만 잔뜩 쌓아 놓다가 시한폭탄같이 펑 터뜨려 상대를 더욱 멀어지게 했다.

혼자 속상했다가, 화가 났다가, 그러다 반응 없는 상대에 지쳐 감정을 다시 가라앉히기를 수도 없이 반복했다. 이런 내 모습은 센 불에 끓어올랐다 내렸다 하는 솥뚜껑 같았다.

센불에 밥이 설익어 가는지도 몰랐다. 그냥 밥을 지은 기간이 길어 무르익어 간 줄 착각하며 살았다.

그렇게 변치 않을 것 같은 굳건한 1,000퍼센트 믿음은 매몰차게 변심이 되어 되돌아왔다.

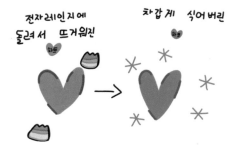

2

멈출 수 없었던 **이유**

　오랜 기간 사랑했기에 함께한 날들만큼 우리의 관계도 변함없는 단단한 끈으로 연결됐다 믿었다. 몇 년에 걸쳐 쌓아 온 믿음이 하루아침에 산산조각이 나 버리자 치솟는 배신감은 이루 다 말할 수 없었다. 날마다 찾아오는 슬픔으로 눈물은 하염없이 흘렀다. 대체 얼마나 사랑했기에 혼인 신고까지 했음에도 옳지 못한 관계를 끊지 못했는지 상대가 한없이 원망스러웠다.

　서울의 집값은 10년 전에도 비쌌다. 사랑하는 사람과 결혼해 함께 살 전셋집을 구하기엔 가지고 있는 돈이 턱없이 부족했다. 특히 남자 친구는 결혼에 대해 진지하게 생각조차 하지 않았기에 모아 놓은 돈이 적었고, 양가 부모님도 도와줄 형편이 되진 못했다. 오롯이 내가 가진 전세 보증금으로 시작할 수밖에 없었다. 우리에겐 당장 가진 돈이 많진 않았지만 둘이 성실하게 일하고 알뜰히 모으면 은행 대출금도 갚아 나갈 수 있을 거로 생각했다. 경제적인 것보다 더 중요한 것은 이 사람과 함께라면 행복하게 살 수 있을 것 같았다. 그냥 그 사람이라서 좋았다.

혼기가 찬 나이가 되어가자 점점 마음이 급해졌고, 때마침 살고 있던 전셋집도 만기가 다 되어 갔다. 7년을 연애하고 또 연애만 하고 싶진 않았다. 그 사람과 결혼하고 싶었다. 그래서 남자 친구를 설득한 끝에 우리는 미래를 함께하기로 약속했다. 부족한 신혼집 전세금을 마련하기 위해 결혼 전 혼인 신고를 강행했다. 신혼부부를 위한 전세자금을 지원받기 위해서는 혼인 신고를 해야만 대출이 가능했다. 결혼 전 혼인 신고를 결정할 수 있을 만큼 상대에 대한 믿음이 굳건했다. 나 말고 다른 사람을 진짜 사랑하

게 된 건 처음이었다. 그런데 결혼식을 앞두고 기뻐 웃음
으로 가득 차야 할 예비 신부의 마음엔 슬픔이 대신해 있
었다. 평생을 함께하자 약속해 놓고 배신한 남편이 한없이
밉고 원망스러웠다.

버림받았다는 생각에 비참했다. 그리고 죽을 만큼 고통
스러웠다.

믿음이 미움으로 바뀌는 데는 찰나의 순간이었다.
행복을 꿈꿨는데 해 보지도 못하고 꿈이 깨져 버렸다.

그런데도 신은 아직 우리 인연의 끝을 허락하지 않았다.
처음 상대를 향했던 원망의 화살은 시간이 지날수록 이겨
내자는 쪽으로 방향을 틀기 시작했다.

'좀 더 친절하지 못해서, 존중하지 못해서, 자주 시간을
함께 보내지 못해서, 상대에게 소홀해서……'

한 사람도 모자라 또 다른 사람에게까지 마음을 내어 줄
수밖에 없었던 남편을 이해해 보기 위해 이것저것 갖가지
이유를 나로부터 찾아 나열했다.

'실수였을 거야.', '그럴 사람이 절대 아닌데 잠시 한눈을 판 것뿐일 거야.'라며 사람이 살면서 누구나 한 번쯤 실수할 수 있다며 덮어 주고 이해하려 노력했다. 그리고 앞으로는 절대 아프게 하는 일이 없을 거라며 손바닥을 싹싹 빌고 용서를 구하는 모습이 오히려 다행이라 생각했다. 다시 한번 기회를 주고 믿어 보고 싶기까지 했다.

혹자는 "절대 바람피운 사람과는 못 살아, 어떻게 살아? 그게 가능해?"라고 말할 수 있다. 그런데 막상 내 상황이 되어 직접 겪어 보니 절대 헤어짐을 쉽게 거론할 수 있는 문제는 아니었다. 적어도 내겐 그랬다. 머리로는 이쯤 해서 끝내는 것이 맞다 생각했지만, 마음이 생각에 동하진 못했다. 이미 결혼한다는 것을 알고 있는 가족과 가까운 친구, 회사 동료들에게까지 내 민낯이 드러나는 것 같아 알리고 싶지 않았다. 마냥 좋은 일만 있고 행복하게 사는 모습만 보여야 한다는 비합리적인 사고가 잘못됐다는 것을 알면서도 멈출 수 없었다. 어려서부터 갈등이 끊이질 않는 집이 불편했다. 따뜻하고 단란한 가정을 보면 부러웠다. 그래서 이다음에 크면 나도 그들처럼 행복한 가정을 만들고 싶은 꿈이 생겼다.

그런데 결정적으로 잘못된 시작임을 알면서도 결혼을 멈출 수 없었던 가장 큰 이유는 그저 내가 살기 위해서였다. 죽을 것 같은 고통 속에서 벗어나기 위해서는 오히려 계속 관계를 이어나갈 수밖에 없었다. 아니면 내가 못나고 부족해서 더 나은 사람을 사랑할 수밖에 없었고 결국 나는 버림받은 거라 인정해 버리는 것 같았다. 그래서 되려 바람피운 남편이 잘못했다고 나에게 용서를 빌어 줘서 다행이었다.

안으로는 상처를 한 아름 안고 있었지만, 겉으로는 가장 성대하고 행복한 것처럼 결혼식을 올렸다. 처음부터 삐그덕대며 불신으로 시작된 관계는 결혼한 지 채 일 년도 지나지 않아 다시 불행으로 이어졌다. 알지 못하는 여성으로부터 도착하는 메시지, 사진함에 보관된 낯선 사람의 실루엣, 회사 여자 동료의 옷매무새까지 챙겨주는 정성스럽고 친절한 설명까지 또다시 의심하게 만드는 괴로운 순간들이 반복됐다. 그런데도 아무 사이 아니라는 상대의 거짓된 변명을 사실로 믿었다. 의심되는 순간에도 덮어두고 자세히 들여다보질 않았다. 그냥 믿고 싶었다.

무엇이 두려워 회피했던 것일까? 되려 진실을 직면하면 가진 걸 잃을지 걱정됐던 것일까? 아니면 불행한 결혼 생활이 알려지는 게 두려웠을까? 철저히 대역 죄인이 되어 아내가 원하는 것은 묻지도 따지지도 않고 '예'라고 동의해 주는 모습이 그래도 외도 빼고는 전반적으로 좋은 사람이라 합리화하고 싶었던 것일까? 부단히도 틀린 퍼즐을 맞다고 우기면서까지 철저히 불행을 선택하며 살았다. 결국애를 써 가며 회피해 온 남편의 또 다른 외도를 두 눈으로 직접 확인한 후 그제야 멈출 수 있었다.

인간은 누구나 위험으로부터 자신을 보호하고자 하는 자기방어 기제가 있다. 이는 한 개인이 감당하기 힘든 내·외적 갈등 상황으로부터 자아를 지키고 보존하기 위해 다양한 방법들로 나를 지키는 것이다. 어린 시절 정서적 고통받는 상황을 여러 차례 겪다 보면 우리는 자연스럽게 마음의 장벽을 둘러친다. 심하게는 어떤 감정도 느끼지 않는 상태를 겪는데, 이를 류페이쉬안의 『감정은 잘못이 없다』에서는 '감정 마비'라고 설명한다. 감정 마비는 마음이 살기 위해 만들어 내는 중요한 방어 기제다. 특히 부모의 보살핌이 필요해서 반항조차 할 수 없는 아이들에게 감정 마비는 상처 주는 환경을 견디며 살아가는 가장 좋은 방법이 된다. 방어 기제는 여러 형태로 나타나는데 생각일 수도 또는 반응이나 행동일 수도 있다. 예를 들어 흔히 나타나는 방어 기제에는 자신이나 타인 비판하기, 쉬지 않고 일하거나 일정을 채워 바쁘게 만들기 등이 있다. 심하게는 중독, 폭력적 행동을 나타내기도 한다.[2]

검던 머리가 파 뿌리처럼 하얗게 셀 때까지 함께 하기로 약속했던 사람이 준 씻을 수 없는 상처로부터 나를 지켜야 했다. 그래서 알아도 모르고 싶었고, 다시는 같은 실수를

2) 『감정은 잘못이 없다』, 류페이쉬안, 유노북스

반복하지 않겠다는 다짐 같던 변명도 꼭 지켰으면 했다. 내가 겪은 일이 아닌 꿈이었으면 했고, 일어난 상황을 부정하고 하루를 바쁘게 만들어야만 내가 살 수 있을 것 같았다.

만약 살 수 없을 것 같은 고통과 갈등 상황에 있다면 당신은 주로 어떤 방어 기제를 사용하는지 생각해 보자. 방어 기제는 좋은 것도 나쁜 것도 아니다. 누구나 생존하기 위해 방어 기제를 만든다. 만약 당신이 자주 사용하는 방어 기제를 알아차렸다면, 잠시라도 내가 사용하는 방어 기제를 내려놓고 제대로 된 진짜 감정을 느껴 보자.

정나은의 지식 EDDITION 4:
나의 방어 기제 파악하기

방어 기제는 자신의 진짜 감정에 접촉하지 못하게 하는 모든 방법을 가리킨다. 생각일 수도 있고, 반응이나 행동일 수도 있다. 아래의 예시는 흔히 나타나는 방어 기제들이다. 자신이 평소 어떤 방어 기제를 사용하는지 충분히 생각해 보자.

☐ 미소 혹은 소리내어 웃는 웃음

☐ 농담

☐ 화제 전환

☐ 조롱

☐ 체념

☐ 끊임없이 말하기, 엉뚱한 소리 하기

☐ 침묵, '이 일은 떠올리지 말자'라고 생각하기

☐ 미루기, 회피하기 (예를 들어 거절이 두려워서 아예 시도조차 하지 않는 것 등)

☐ 타인 혹은 자신을 비난하기

☐ 자신이 남보다 우월하다고 생각하기

- ☐ 자기 합리화, 핑계 대기
- ☐ '이건 별일 아니야'라고 생각하기
- ☐ 자신을 바쁘게 만들기 (쉬지 않고 일하거나 일정을 꽉 채우는 것)
- ☐ 냉담한 척하기, 자신과 상관없는 일이라는 태도
- ☐ 애매하게 말하기 ("난 괜찮아, 아무 일도 아니야" 등)
- ☐ 다른 일로 신경 분산하기
- ☐ 상황을 부정하거나 실제보다 가볍게 여기기
- ☐ 분노, 폭력적 행동
- ☐ 과도하게 생각을 거듭하거나 분석하기
- ☐ 자신이 생각이나 감정을 타인에게 투사하기
- ☐ 중독 (인터넷, 온라인 게임, 음식, 쇼핑 직장 업무, 알코올, 재물, 성행위, 포르노 등)
- ☐ 감정 마비
- ☐ 해리 (자신의 신체를 제 것이 아닌 것처럼 느끼는 것)
- ☐ 폭음 혹은 폭식
- ☐ 자해
- ☐ 자살 충동

다음 질문에 답해 보자. 당신이 바로 직전에 방어 기제를 사용한 건 언제인가? 어떤 일이 있었으며, 어떤 방어 기제를 사용했는가? 또한 배우자, 직장 동료, 자식 등 주변 사람을 떠올리면서 그들은 주로 어떤 방어 기제를 사용하는지 생각해 보자.

물론 위에 나열한 방어 기제가 전부는 아니다. 앞으로도 여러 가지 방어 기제를 계속 언급하게 될 것이다. 만약 당신이 여기 나열된 것 외에 다른 방어 기제를 떠올렸다면 아래에 적어 보길 바란다.

- -

- -

- -

- -

- -

- -

- -

- -

- -

출처: 『감정은 잘못이 없다』 류페이쉬안, 유노북스, 50~51p

3

도와주세요

내 기억 속 그날의 봄은 칠흑같이 어두운 봄이었다.

'똑똑' 갈색 문 비좁은 틈 사이로 옅게 빛이 새어 나온다.
'휴 다행이다.' 새벽 1시. 모두가 잠든 조용한 새벽. 내가
애타게 찾는 사람이 깨어 있길 바랐다.

똑똑
"사모님 계세요? 목사님?"
"누, 누구세요?"

"저 수경이에요." (개명하기 전 이름이다)

"이 시간에 누구라고?"

"언니 나야, 수경이." (교회 사모님은 사촌 올케언니이기도 하여 그냥 언니라고 부르기도 했다.)

큰이모의 아들인 목사님과 그의 아내 사모님은 봄날의 까만 밤 내가 애타게 찾던 사람들이다. 두 분은 똥 밟은 사건 전후로 분홍이와 내가 살아갈 수 있게 실질적인 큰 도움을 주셨다. 특히 사모님은 밝은 에너지로 무거움도 가볍게 흘려보낼 수 있게 하시고, 그녀의 헌신적인 사랑은 마음과 행동이 닿는 곳마다 은은한 향기로 스며든다.

신발을 급하게 구겨 신은 행색. 다급해 보이는 상기된 얼굴.

말하고 싶었지만, 저승 갈 때까지 묻어 두려 했던 대서사를 20분 만에 축약하여 정신없이 쏟아 냈을 즈음. 이내 두 분은 내 얼굴을 살피기 위해 좌우로 동공을 여러 번 움직인 후 믿을 수 없다는 눈빛으로 되묻는다.

"그 말이 전부 사실이야?"

길다면 길고 짧다면 짧은 이십 분 동안 속사포로 읊어 댄 이야기가 '사실…… 이었냐니?'

내가 여태 침방울 튀어 가며 설명한 말들이 믿을 수 없는 사실로 받아질 때 그동안 얼마나 많은 불행을 행복으로 과대 포장해 가며 진실을 꼭꼭 숨기고 살았었는지 허탈감이 밀려왔다. 여러 번 바람난 남편을 좋은 사람으로 애써 곱게 포장해 주며 행복한 척 거짓으로 살아온 세월이 이젠 억울하기까지 했다.

"언니 정말이야. 그 사람이 죽고 납골당에나 가면 그제야 그동안 비참하게 살았었다고 이야기하려고 했어." 그 당시 나는 정말 그랬다.

타인에게 보이는 것이 중요했기에 그 누구보다 행복하고, 잘사는 것처럼 보이길 원했다. 지금 처해 있는 불행은 땅속 깊은 곳에 숨기고 싶었다.

참고 또 참고 여러 번 참아 내고 나서야 더는 견뎌 내기가 어려웠는지, 둔하디둔하고 싶고 모른 척 영원히 덮어 두고 싶었던 마음에 '이제는 어쩔 수 없다.'라며 마지막 작별 인사를 건넸다. 그리고 살기 위해 주변에 알릴 수밖에 없었다.

'살려 주세요!'

'도와주세요!'

'나 이젠 정말 힘들어요.'

24살에 처음 만나 사랑을 키우고 한평생 함께하기로 약속한 사람의 연속되는 배신에 더는 관계를 이어나갈 수 없다는 판단이 섰다. 그리고 마침내 14년 인연에 마침표를 찍을 수 있었다.

'관계에 마침표 하나 찍기가 이렇게 어려운 것이었을까?'

그만큼 나는 우리 관계를 진심으로 대하였다.

"사모님 저 좀 도와주세요."

"교사가 꼭 되어야겠어요! 분홍이(딸의 태명)를 시험 볼 때까지만 돌봐 주실 수 있을까요? 부탁드려요."

부모님께는 차마 갈 수가 없었다. 왠지 결혼 상대를 잘

못 택한 탓을 내게 돌릴 것 같았다. 지금까지 바보처럼 참고 살았다며 나를 원망할 것 같았다. 내 우울함이 부모님께도 전이 되어 함께 있다간 죽을 것만 같았다. 그래서 죄송하고 염치없지만 깊숙한 우울함에 빠져 허우적대는 나를 온전히 수용해 줄 수 있을 것 같은 사람을 찾아갔다.

당장 어려움에 부닥치면 의외로 주변에 도움을 요청하기가 쉽지 않다. 오히려 주변 사람이 힘들 때 내가 먼저 손을 내밀어 돕는 것이 더 익숙하다. 정작 대부분의 사람은 지금 겪는 고통이 나를 돕는 사람에게 전가될까 미안해서 혹은 어렵게 한 부탁을 거절당할 수도 있다는 두려움에 도움을 청하지 못하는 경우가 대다수다. 변비로 일주일 넘게 화장실을 가지 못했다면 우리는 보통 변비약을 먹거나 관장 등 외부 도움을 받아 꽉 막힌 장을 비워 낼 것이다. 이처럼 막혀 버린 인생 또한 혼자 해결하기 어려울 때가 많다. 그럴 땐 지금 너무 힘들다고 솔직하게 이야기해 보자. 그리고 도와달라고 요청도 해 보자.

어렵게 부탁했는데 거절당할까 두려운가? 지금 나보다

그 사람이 더 힘들까 봐 걱정부터 앞서나?

그래도 내 속에 있는 힘든 마음을 전했으면 그걸로 됐다.

상대에게 돌아올 답을 미리부터 예측하고, 내 생각대로 재단하지 말자.

돌아오는 답은 상대의 몫이다. 만약 도와주지 못했다면 피치 못 할 사정이 분명히 있을 것이다.

사는 게 너무 힘들어 왼쪽, 오른쪽, 그리고 뒤도 돌아보기도 어렵다면 당장 앞에 보이는 사람에게 도와 달라 말해 보자. 일단 내가 사는 게 먼저다. 서지 않는 체면과 갚아야 할 빚은 그다음이다.

힘든 건 힘들다고 용기 내어 말해 보자.
도움이 필요하면 도와달라고 말해 보자.
모르면 모른다고 말하자.
그래도 괜찮다.

'약사님 저 똥을 일주일 못 눴어요. 변비약 주세요.'
'오랜만에 쾌변하고 싶습니다. 도와주세요.'

밟지 말아야 할 것을 밟고 말았다

4

똥 밟은 날 = 운수 좋은 날

법원 정문을 홀로 터벅터벅 걸어 나오던 그날의 가을 하늘은 유난히도 맑았다.

'용서는 했습니다. 그러나 기회는 없습니다.'

담백하고 간결한 이 한마디를 마지막으로 남긴 채 14년 이어진 인연에 마침표를 찍었다. TV 법정 드라마에서 보던 장면보단 생각보다 단출했다.

시절인연이라 했던가?

불가 용어에 시절인연(時節因緣)이란 모든 인연에 오고 가는 시기(때)가 있다는 뜻이다. 굳이 애를 쓰지 않아도 만나게 될 인연은 만나게 되어 있고, 무진장 애를 써도 만나지 못할 인연은 스쳐 지나가는 것처럼 사람이나 사물, 만남과 헤어짐도 그때가 있는 법이다.

평생 갈 인연처럼 죽고는 못 산다며 열정적인 사랑을 하기도 했고, 내 곁을 평생 지켜 줄 것만 같이 든든한 나무 같던 사람도 인연이 다하면 바람이 생생한 부는 추운 겨울 나뭇잎 한 장, 바짝 메말라진 장작이 되어 버리기도 했다.

그렇게 우리는 딱 그때까지가 시절인연이었다.

관계를 이어 나가려고 부단히 애쓰며 늘려 왔던 기나긴 시간이 무색하다 할 만큼, 마침표를 찍는 순간은 단출했다. 그러나 그 속내는 꽤 복잡했다. 어떻게든 살아 보려고 길게 늘어뜨려도 봤던 시간. 너무 잡고 늘어져 낡은 고무줄처럼 삭아져 버린 인연은 이제 더는 손을 쓸 수 없을 만큼 뭉그러졌다.

이 관계를 끊지 못하고 왜 지금까지 이어 왔어야만 했는지. 이미 잘못된 만남이었던 것을 결혼 전 알았음에도 왜 결혼을 강행했어야만 했는지. 믿고 싶은 것만 믿고 보고 싶은 것만 보며 그 속에 있는 알맹이는 왜 보려 하지 않았는지. 애석하게도 모든 것을 떠나보내고 나서야 비로소 내 마음에 되묻는다.

스물여섯 살. 퇴근길 버스 안에서 갑자기 누군가가 내 뒤통수를 '팍'하고 세게 내려치며 쏜살같이 버스 뒷문으로 사라졌다. 어안이 벙벙하면서도 어이없게 당한 재수 없는 날이 꼭 이런 날일까? 그런 날은 안 좋은 일 하나 때문에 하루가 통으로 똥 밟은 날이 된다. 누가 내 뒤통수를 때렸을까? 처음엔 그냥 단순한 사실관계에 의해서만 화가 났다면 그 이후엔 평소 나에게 원한을 품어 때린 건 아닌지 사건을 내 탓으로 돌려 새롭게 재해석하기 시작한다.

보통은 내가 좋고 믿을 만한 관계라고 판단되면 그 인연이 오래가길 바란다. 그리고 관계가 지속되길 바라는 간절한 바람 덕분에 옳지 못한 관계도 옳다고 보게 만들어 버리는 마법사가 되기도 하고, 살아온 경험치만큼의 해석 능력을 겸비하여 내가 원하는 새로운 인물로 재탄생시키는 소설가가 되기도 한다. 마법사가 되어 마법의 가루도 솔솔 뿌려 보고, 소설가가 되어 삼류 막장 소설도 신나게 써 본 뒤에야 비로소 깨닫는다.

'아! 나, 이 사람과 잘 살고 싶은 마음이 간절했구나!'

'인연의 끈을 놓고 싶지 않을 만큼 이 관계를 진심으로 대하였구나.'

'그래서 고무줄이 늘어질 대로 늘어지고 결국, 삭아 끊어지게 될 때까지 왔어야만 했나 보다.'

진심이었기에 최선을 다했다. 그리고 여기까지가 최선이었다.

최선을 다했을 때 비로소 후회도 없는 법이다. 그 사람과의 인연에 온 마음을 다했기에 더는 인연을 이어갈 수 없음을 긍정할 수밖에 없었다.

'왜 저런 사람을 만나서 내 인생이 똥 된 거야?'

'정말 더럽게 재수 없고 응아 같은 만남이네.'라는 마음은 유난히도 맑고 푸르렀던 그날의 가을하늘과 대비 되었다.

똥 밟고 난 이후 어떤 날은 실컷 미워도 해 보고, 사랑했던 시간을 부정도 해 보고, 설움이 묻은 눈물도 하염없이 흘려보내고 나니 이제는 그 사람과의 관계도 어느 정도 끝이 보여 간다.

그 시절에서 멀찌감치 떨어져 보니 콩을 콩이라고 보기 시작했고, 팥을 팥으로 보기 시작했다. 불안했지만 지금 당장 할 수 있는 일을 시작했다. 그리고 어두운 과거 속에서도 감사와 희망을 찾는다.

'재수 총량의 법칙 때문에 똥 밟은 재수 더러운 날 뒤에는 좋은 날이 생긴다.'
'똥 된 하루에 똥 밟은 하루가 겹쳤으니, 앞으로 좋은 밑거름이 될 거야.'

고마워, 똥 밟은 날.

밟지 말아야 할 것을 밟고 말았다

5

들숨에, 날숨에

어렵게 결정한 '똥 밟은 날' 이후의 삶이 막막했다.

인생이 막혔다고 생각하니 막힌 인생을 '뻥' 뚫고 싶었다.

그래서 선택한 힘주기.

'막힌 인생길을 잘 뚫기 위한 구체적인 방법과 경로가 있을까?' 생각할 겨를도 없이 무작정 고단한 삶의 현장에 투입될 수밖에 없었다. 당장 무직 상태에 어떻게 먹고살 것인지, 임용 공부를 계속할지 그만둘지 대한 고민까지.

18개월 남짓 이제 막 아장아장 걷는 아이를 홀로 키워야

하는 홀어미의 심정을 누가 알까?

교사가 되려고 어렵게 마음먹고 준비한 시간이 아까웠다. 여자 혼자 아이를 키우기 위해서는 사회적인 시선도 고려해야 했다. 교사가 되고 나면 남들이 딸과 나를 얕잡아 보지 않을 것 같았다. 홀어미 밑에서 자란 자식이라고 안쓰러운 눈빛으로 우리를 바라보지 않길 바랐다. 안정감 있는 직업이 불안정한 나에게 최선이라고 생각했다. 그럴 수밖에 없었다.

찡그린 눈썹, 비장한 눈빛, 앙다문 입술, 그리고 미간에 잡힌 주름.

있는 힘 없는 힘 다 끌어 가며 살아갈 준비를 마친 내 모습은 마치 1평 화장실에서 변비로 일주일간 보지 못한 똥을 몸 밖으로 밀어내기 위해 잔뜩 힘준 얼굴 같았다.

교회 사모님께 딸을 맡기고 노량진 2평 남짓한 작은 고시방에 들어가 독서실-고시원-학원-고시원을 반복해 오가며 임용 시험에 몰입했다. 목표는 단 하나 '시험 합격'이었다. 그래야 꽉 막힌 미래가 뚫릴 것만 같았다. 아침잠이 많은 나는 일단 눈을 뜨기 위해 '새벽 5시 기상 공부'를 했다. 전날 공부했던 내용을 공부 짝꿍과 번갈아 가며 외우다 보면 저절로 잠이 깨었고, 세수하고 아침밥을 먹고 곧장 새벽 일찍부터 여는 독서실로 가서 공부하기 시작했다. 밥 먹을 시간도 아까워 식사할 때도 책을 가지고 갔다. 몇 글자 보지 못하는데도 책을 몸에 지녀야 마음에 안정이 왔다. 그렇게 밤공부까지 마치고 나면 밤 12시 또는 새벽 1시. 그제야 한 사람만 간신히 누울 수 있는 간이침대에 지친 몸을 눕힐 수 있었다.

돌이켜 생각해 보면 2평 남짓한 작고 비좁은 노량진 고시방이 나에겐 가장 안락하고 편안한 안식처였다. 또, 임용 시험이라는 크고 거대한 목표는 먹고사는 문제, 양육, 거주지, 상처받은 마음을 돌보는 일 등 거대하게 산재한 문제들 속에서 잠시 벗어날 수 있는 숨통이었다.

우리는 급한 볼일을 보기 위해 화장실에 뛰어간다. 뇌에서 보내는 '똥 눌래' 신호를 받고 나면, 있는 힘껏 복부에 힘을 주고 항문 조임근을 이완시켜 똥을 몸 밖으로 내보낸다. 그러고 나면 다시금 여유를 찾고 한숨 돌릴 수 있다. 똥을 몸 밖으로 밀어내고 마음에 여유가 생기면 다음 일정을 생각하거나 화장실에 들고 간 책도 들여다볼 수 있다. 당장은 해결해야 할 일들이 산더미지만 똥이 마려우면 당장 힘주는 행동에 몰입하게 된다. 그리고 완똥(완전 배설)을 하게 되면 비로소 '잠깐의 휴식'과 '내 힘으로 똥 누기를 해냈다.'라는 쾌감까지 맛볼 수 있다.

우리의 인생도 화장실에서 똥 눌 때와 마찬가지다.

일생일대 최대의 위기가 생기면 풀기 어려운 복잡한 문제와 사고에 매몰되어 '해결하기 어렵다.'라는 생각의 늪에서 빠져나오기 어렵다. 하지만 '위기가 곧 기회'라는 말처럼 위기일 때 오히려 문제를 단순화시키기 쉽고, 가장 중요하면서 시급한 일에 선택과 집중을, 그리고 전력을 다할 힘까지 생기기도 한다. 그러다 보면 해결 못 할 것만 같은 일도 해결책이 보이고 잠깐의 숨을 쉴 수 있는 여백도 보인다.

쓰나미같이 갑자기 한꺼번에 밀려온 무겁고 고통스러운 시간을 조금이나마 가볍게 만들어 준 동력은, 오직 한 가지의 목표에 몰입하게 도와준 임용 시험과 잠깐이나마 숨 쉴 수 있던 2평짜리 고시방이었다.

지금 당신의 인생에도 숨쉬기조차 어려울 만큼 커다란 문제가 있을 수 있다.

그 문제가 버티기 어렵고, 힘든 일로만 다가오는가?

아니면 역으로 지금의 역경이 오히려 나에게 살아갈 힘과 숨 쉴 공간을 내어 주진 않는가?

인생이 잘 풀리지 않는다면 지금 당장 화장실로 고(Go)해 보자.

있는 힘껏 힘도 줘보고, 숨도 쉬어보고,

잠깐 생각도 내려놓을 수 있는 나만의 공간으로.

밟지 말아야 할 것을 밟고 말았다

6

휴지: 눈물

이곳은 조용하고 어둡다.

'쓱싹쓱싹' 종이에 연필 끄적이는 소리,

조심스레 책장 넘기는 소리,

백색소음이 조용하고 어두운 공간을 가득 메운다.

멀쩡히 잘만(?) 다니던 병원을 박차고 나왔을 때 미래에 대한 걱정과 두려움도 컸지만, 병원문을 나오며 느꼈던 해방감은 말로 설명할 수 없을 정도로 짜릿했다.

서른을 훌쩍 넘겨 버린 나이. 당시엔 새로운 것을 시작하기에 솔직히 자신이 없었다. 막연히 상상 속에만 있던 교사가 되기 위해 '임용 시험에 한번 도전해 보자.'라는 배짱만 두둑이 가지고 '그냥' 시작했다. 준비라고는 임용 공부를 시작하기 2년 전 교사가 된 고향 친구에게 합격 방법을 전달받은 게 전부였다. 친구가 합격하기까지 큰 도움을 줬다는 노량진 유명 강사가 당연히 나에게도 합격을 선물해 줄 거라는 '무한 믿음과 신뢰 주기' 주특기를 발동 걸어 묻지도 따지지도 않고 초고속으로 1년 치 강의를 통 크게 결제한다. 그 강사의 수업 스타일이 나와 맞는지 표본 강의는 들어 보지도 않고 남이 좋다는 말만 듣고 그야말로 '그냥' 시작했다.

그땐 몰랐다. 꿈을 이루기까지 그리도 오랜 시간이 걸릴지 꿈에서조차 상상하지 못했다. 점점 주변 그리고 내 마음에서 원성이 들려온다.

'왜 그 좋은 병원을 관뒀냐!'는 부모님의 반응, 친구들의 신나는 여름휴가 사진이 휴대 전화 배경 화면으로 하나, 둘 올라온다.

나만 낙동강 오리알 신세가 된 것 같고, 나이가 들어 공부하려니 아픈 목과 어깨, 평소 굽어 있던 등마저 산꼭대기 봉우리처럼 자꾸만 더 고부라진다. 몸까지 아프기 시작하니 더욱 서럽다.

한해 한해 시간이 갈수록 점점 더 멀어지기만 하는 꿈.

교사가 되긴 하는 건지, 이대로 다시 병원에 가는 것이 맞는 것인지, 공부 방법이 많이 틀린 건 아닌지, 나에 대한 불확실성만 점점 커졌다. 독서실 책상 아래 전등이 전공서에 떨어진 눈물 자국을 훤히 비춘다. 어깨가 들썩인다. 조용한 독서실에 울음소리가 새어 나가지 않도록 입술을 꽉 깨문다. 저 멀리 핀 조명 아래 처져 있던 내 뒷모습이 아직도 선하다.

당시 우연히 만난 시 한 편이 지친 마음을 따뜻하게 안아 줬다.

우리는 누구나 보석 같은 재능을 영혼 깊이 간직하고 있습니다. 눈앞의 잔재주와 물질에 연연하지 말고 마음속에서 끓어오르는 열정과 끈기를 따라가십시오.

김상복 목사님의 시 「열정과 끈기」의 한 구절이다. 베토벤은 음악 선생님에게 음악에 소질이 없다는 이야기를, 발명왕 에디슨은 어린 시절 학교 선생님에게 머리가 나빠 가르칠 필요가 없다는 말을 들었다. 하지만 이들은 열정과 도전 그리고 끊임없는 노력으로 재능을 꽃피울 수 있었다. 내가 여러 번 실패했다고 낙담할 필요는 없었다. 열심히 노력한 나를 나보다 더 잘 아는 사람은 없었다. '마음속에서 끓어오르는 열정과 끈기를 믿고 멈추지만 않으면 세상은 나를 향해 손뼉 쳐 줄 거라.'는 김상복 목사님의 말씀이 그 당시 나를 다시 일으켜 세웠다.[3]

이제는 세상이 몰라줘도 괜찮다. 내가 나를 알아주는 게 더 중요하다는 것을 깨우치게 됐다. 지금까지도 이 시는 내 휴대 전화에 보관되어 있다.

앤절라 더크워스 『GRIT』에는 '그 어떤 재능과 환경도 열정과 끈기의 힘을 이길 수는 없다.'라고 언급한다.[4]

---

3) 「열정과 끈기」, 김상복, 사랑의 편지
4) 『GRIT』, 앤절라 더크워스, 비즈니스북스

지금 당장은 알 수 없다. 다만, 꿈과 미래를 위해 주어진 하루를 끈기 있고, 성실하게 걸어가는 사람이 오늘보다 내일 더 성장하는 건 분명하다. 그게 실패든 성공이든 모든 것이 그냥 '경험'으로서 내가 살아가는 데 필요한 원동력이다.

내가 좋아하고 소원하는 길을 오늘도 그냥 가본다.

누가 시키지 않아도 지금 하는 일이 있는가?

그럼 '그냥' 한번 해 보자. 혹시 실패할까 봐 걱정되나?

실패해도 괜찮다. 그럼, 그때 다시 생각해 보면 된다.

성공은 엄청난 것이 아니었다. 넘어졌어도 다시 일어나면 그게 성공이다.

눈물이 나면 휴지 한 장 꺼내 쓱 닦고 다시 일어나면 어느 날 단단하게 성장해 있었다.

PART 3

죽을 똥 살 똥
애쓰다

1

지우개 똥: 지울수록 선명해지는 것들

임용 고시 생활은 예상보다 길어졌다. 깜깜한 지하 속 깊은 터널처럼 끝이 보이지 않아 길을 잃은 것 같았다. 합격하긴 하는지, 그때는 언제인지, 내 인생에서 교사라는 업을 가질 수는 있는 것인지. 엄청난 행복을 바라는 것도 아니었다. 그저 안정된 직장을 갖고 아이와 함께 살고 싶었다.

계속되는 불합격 소식은 이혼하며 받은 위자료마저 점점 바닥나게 했다. 결국 계속 공부만 할 수는 없어 서울과 강원도에 각각 6개월씩 기간제 교사로 근무하게 됐다. 월요일부터 금요일까지 모든 게 처음인 학교 일에 적응하기 바빴다. 금요일 저녁, 지방 부모님 댁에 맡겨 둔 딸을 만나러 가는 버스에 올라타고 나서야 얼어붙은 긴장이 녹아내린다. 서울에서 근무할 때는 서울과 군산까지, 강원도에서 근무할 때는 강원도에서 군산을 오갔다. 내 고향은 우리나라 서쪽에 있는 작은 바닷가 마을 전라북도 군산이다.

군산은 7세부터 20대 초반까지 살던 곳이다. 사실 나에게 있어 고향 군산은 남들처럼 그립고, 따뜻한 추억이 깃들어 가고 싶은 고향은 못 된다. 어두웠던 가정 환경에서 벗어나고 싶은 곳이었다. 스무 살이 되기만을 기다렸다. 대학을 다른 지역으로 합격해 고향을 떠나고 싶었다. 그러나 애꿎게도 신은 내 편이 되어 주질 않았다. 비로소 직장을 취업하고 나서야 고향을 떠날 수 있게 되었다. 그토록 바랐던 가족과 분리되었다. 그리고 마음껏 자유를 누리며 꿈에 그리던 첫 독립을 완성했다.

그토록 원했던 가족과 정서적·물리적 거리 두기를 달성했지만, 여전히 내 과거가 창피하고 싫었다. 그래서 과거를 하나하나 지우고 싶었다.

지우개 똥 1. 부모님이 하시는 시골 농사, 타이어 정비업을 누가 물어보지 않으면 굳이 말하지 않았다. 어린 마음에 부모님이 깨끗한 와이셔츠를 입고 서류 가방을 들고 다니는 회사원이길 바랐었다.

지우개 똥 2. 지방 전문 대학을 나온 내가 싫었다. 그래서 비평준화 시골 명문고 출신임을 더욱 드러냈고 수능을 망쳐서 원하지 않는 대학에 갈 수밖에 없었음을 더욱 강조했다.

지우개 똥 3. 서울 유명 대학 편입에 성공했다. 그래서 새로 만나는 사람들에게는 지방 전문대 출신을 지웠다.

지우개 똥 4. 과거 결혼 생활과 관련된 모든 것을 지웠다. 행복했던 추억, 아팠던 기억도 생각보다 빠르게 지워졌다. 그리곤 지워진 과거를 회상하며 삶이 나아졌다 착각했다.

지우개 똥 5. 새로운 이름으로 개명했다. 과거 내 이름은 수경(秀敬). 빼어날 수 그리고 공경할 경. 빼어나게 공경을 잘하는 아이가 되었으면 하는 부모의 바람을 담은 이름이었다. 그러나 뜻이 '나' 중심이기보다는 '타인' 중심이라는 생각에 평소 애착이 가질 않았다. 그래서 이혼 후 이름을 변경했다.

지우개 똥 6. 이혼 전에 만났던 친구들과 대부분 연락을 끊었다. 항상 행복해 보이는 모습만 보이고 싶던 내게 불완전했던 결혼 생활은 내 민낯이 다 드러나 버리는 것 같았다. 그래서 아무도 모르는 곳으로 이사해 딸과 단둘이 새롭게 시작하고 싶었다. 아니 솔직히 도망치고 싶었다.

철저하게 지우다 보면 내 과거가 사라질 줄 알았다.
지우고 싶은 지난날을 새롭게 바꾸면 더 당당해질 줄 알았던 건 나만의 착각이었을까?

지웠다고 삶이 투명해지지는 않았다. 오히려 검정 연필 심을 지우고 색이 변해 버린 회색 지우개 똥과 지워도 지워지지 않는 연필 자국만 도화지 위에 흔적으로 남았다.

지운다고 지워지는 게 아니었다.
진실은 지울수록 더욱 선명해졌다.
손바닥으로 하늘을 가릴 수는 없었고, 지운다고 과거가 지워지는 게 아니었다.

'자신에게조차 솔직하지 못한데, 누구에게 진심 어린 조언조차 할 수 있을까?' 의구심이 들었다.
'내가 나를 인정해 주고, 사랑해 주어야 한다.'라고 제자들에게 늘 말했지만, 정착 내겐 그러지 못했다.
숨기면 숨길수록 불편했고, 감추면 감출수록 들킬까 불안했다.
쌓여 가는 지우개 똥을 치우지도 버리지도 못하며 전전긍긍하는 내 모습이 애처로워 보였다. 진정한 행복과 가까워질 수 없었다. 자유로운 삶을 살고 싶은데, 나를 부정하니 새장에 갇힌 새와 같았다.

숨기고 싶고, 도망치고 싶다고 나를 지우진 말자.
하얀 도화지에 그려지고 채색되어진 내 모습을 있는 그
대로 바라봐 주자.

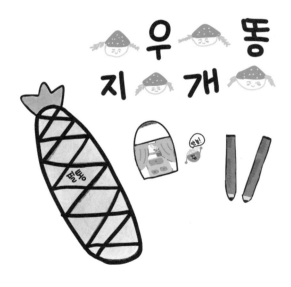

2

뚫어뻥: 원하는 것을 이루었다고 봄날이 온 건 아니었다

막힌 변기를 뚫기 위해 집 근처 마트로 달려간다. 고무
가 튼실해 보이는 뚫어뻥을 사 와 곧장 변기 속으로 투입.
낭창낭창한 고무 뚫어뻥을 막힌 구멍에 잘 맞추고 손잡이
를 위아래로 힘차게 펌프질하며 공기 압력을 넣는다. 오물
과 휴지로 막힌 변기가 압력을 받아 뻥 뚫린다. 변기가 뚫
려 물 내려가는 소리에 내 속이 다 시원하다.

풀어도 풀리지 않는 내 인생 3대 미스터리 중 하나가 바
로 임용 시험이었다. 중등 임용 시험은 경쟁률도 치열해

절대 쉬운 마음으로 도전한 것은 아니었지만 이렇게나 오랜 시간 풀리지 않는 숙제로 남을 줄은 꿈에도 몰랐다. 자그마치 합격까지는 5년이나 걸렸고, 주로 환산하면 1년은 약 52주이므로 52주*5년=260주. 시간으로 환산하면 하루는 365일*24시간=8,760시간. 거기에 자그마치 5년이니 공부 시작부터 합격까지 총 43,800시간이 걸렸다.

그 당시 나에겐 임용 시험 합격만이 막힌 인생을 뚫어줄 수 있는 유일한 뚫어뻥이라 믿었다. 죽을 둥 살 둥 하루를 겨우 살아 내고 있는 만큼 합격은 더욱 간절했다. '교사라는 직업만큼 여자에게 좋은 직업이 없어.', '공무원이 안정적이고 최고야.'라는 말을 어릴 때부터 듣고 자라 두 번째 직업을 선택하기에 교사만 한 게 없어 보였다. 더욱이 교사라는 신분이 혼자 아이를 키워도 누가 딱하게 보지 않을 것 같았다. 그래서 교사가 되어야만 했다.

남들에게 보이는 게 중요했던 나에겐 우리나라 최고의 도시 서울시 교사가 되는 건 자존감 낮은 나를 화려한 포장지로 둘러 치장하기에 딱 적합했다. 그래서 서울시 교사가 되기 위한 고군분투 임용 도전기는 눈물 없이 보기 힘들 정도로 짠내 난다. 더군다나 보건 교사는 학교에 한 명이나 두 명만 배치되기에 정원이 많지 않은 소수 과목이었고 교대나 사대 출신이 아니기에 학부 시절 공부를 잘하는 학생들에게만 교사 자격이 주어졌다. 거기에 군대만큼이나 기강 높은 병원 조직에서(생명을 살리는 직업이라 한 치의 오차도 허용하지 되지 않는 무시무시한 곳, 그래서 더욱 정신을 똑바로 차려야 하는 곳이다.) 견뎌 낸 수험생이 모이는 경쟁시험이라 서울 외 지역이라도 합격이 절대 쉽진 않았다. 그만큼 서울은 웬만한 마음가짐으로 도전했다가는 떨어지기 딱 좋은 조건이 되고 만다.

'최종합격자 명단에 없습니다.'

'그냥, 불합격입니다. 하면 되지 파란색으로 최 · 종 · 합 · 격 · 자라고 표기할 건 뭐람.' (빨간색보다는 보통 파란색이 호의적인 표현으로 자주 쓰이는 편이다.)

실제로 1차 합격 후 2차 최종 합격 여부를 확인하는 컴퓨터 앞에서 '최종합격자'라는 단어만 보고 합격한 줄로 착각해 소리를 지른 적이 있다.

여러 번 경험한 '불합격' 소식은 안 그래도 추운 겨울을 더 '오들오들' 떨게 했다. 일 년에 한 번 있는 시험을 다시 준비한다는 것은 결코 쉬운 일이 아니었다. 그리고 시작보다 더 힘든 게 포기하는 것이었다. 나이 먹은 고시생의 자꾸만 희미해지는 기억력, 날이 갈수록 말려들어 가는 어깨와 굽은 등으로 몸이 아플 때마다 서글퍼졌다. 시간이 갈수록 이번 생은 교사로 살긴 어려울 것 같아 병원에 채용 서류를 제출해 보지만, 마흔이 다 되어 가는 경력 단절 신규 아줌마를 받아 주긴 어려웠다.

미해결된 과제인 '교사 되기', 가장으로서 책임감, 무직이 아닌데 무직 같은 비정규 교사 신분.

딸을 보고 올라오는 일요일마다 눈물 없이 못 보는 신파극 여주인공으로 사는 한 부모 워킹맘의 삶은 아주 고단했다. 몸이 쉬고 싶어도 쉬질 못했고, 머릿속 생각들은 쳇바퀴처럼 쉬지 않고 계속 돌아갔다.

오매불망 애타게 기다려도 보이지 않는 합격 뚫어뻥 소식은 나를 지치게 했다. 서울만 고집하던 나는 경기도로, 또 경기도가 어려워지니 지방으로 눈을 돌리게 되었다. 그 후로 몇 년이 더 지나 임용 시험에 도전장을 내민 5년 만에 전라남도 교사로 합격하게 된다. 그동안 막힌 인생을 뚫어 줄 '합격 뚫어뻥'을 선물 받게 되었다.

숨이 깔딱깔딱 넘어가기 전에 받은 합격이라 그런지 불합격을 합격으로 착각할 때와같이 환호성도 전혀 나오질 않았다. 오히려 이상할 만큼 잠잠하고 고요했다. 전라남도 순천에서 2차 심층 면접까지 모두 마치고 노량진 고시원으로 돌아오는 고속버스 안은 그 어느 때보다 조용했다. 앞에서 네 번째 줄 오른편 좌석에 몸을 기댄 내 모습이 생각난다. 면접 문제의 답변이 옳았든 그르든 할 수 있는 모든 것에 최선을 다한 나에게 그리고 공부에 집중할 수 있도록 묵묵히 도와주신 부모님, 엄마를 기다려준 사랑하는 분홍이까지 모두에게 감사했다.

'엄마가 최선을 다했어. 분홍아!', '그리고 나은아! 그동

안 정말 고생 많았다.'

합격할 걸 예상이라도 했던 걸까? 최선을 다했기에 여한도 없었던 걸까? 유리창을 투과하여 내리쬔 햇살은 지친 나를 말 없이 포근하게 감싸 주었다. 따스하게 안아준 햇살이 고마웠다.

어느 해 늦은 봄. 겁을 잔뜩 먹고 뛰어든 임용 시험 그리고 갑작스러운 독립선언으로 생후 18개월 딸을 데리고 집을 나선 후 5년 만에 처음 느껴 보는 '쉼'이었다. 참 오랜만이었다.

전라남도 교사로 임용된 이듬해 감사하게도 '재임용 합격 뚫어뻥'을 연달아 선물 받게 되면서 나는 경기도로 이동하게 된다. 또, 영원히 오지 않을 것만 같은 봄날도 맞이하게 됐다. 그리고 합격 뚫어뻥으로 어렵게 뚫고 만난 그 봄날이 영원할 줄 알았다.

다시 막히기 전까지.

뚫어뻥

3

B똥, A똥 그리고 **똥파리**

'왱왱~'

귀 주변으로 '왱왱~'소리가 들려온다. 똥파리의 날갯소리는 주변의 공기와 귀속 뼈를 통해 소리가 증폭돼 더 큰 소리로 귀 안을 파고든다.

'왱왱~'

손으로 쫓아내도 어느새 파리는 다시 내 곁으로 날아들어 더 힘차게 양 날개를 마주 비빈다. 특히 똥파리는 덩치도 초파리보다 훨씬 크고, 오팔 느낌의 찬란한 광택을 몸통에 뒤덮고 있어 더더욱 징그러운 면모를 연신 뿜어낸다.

'왱왱~'

"으악 저리 가!"

파리채를 앞, 뒤로 정신없이 휘두르지만, 어느새 파리는 나를 따돌리고 다시 머리 뒤에서 '왱왱~'거린다. 신경이 거슬린다. 파리를 쏘아보느라 세로로 길게 쭉 째진 눈두덩이 위로 앉았다가 도망갔다를 반복하며 슬슬 약을 올린다.

이왕 똥파리로 글을 시작했으니, 파리에 대해 자세히 알아보고 싶었다.

'네이버 백과사전'에서는 파리의 종류를 다음과 같이 설명한다. 초파리는 주로 식물의 꽃 주위에서 꽃의 꿀을 먹거나 부패한 과일 등에서 얻는 영양분을 섭취하는 반면, 똥파리는 동물의 배설물이나 부패한 물질에서 영양분을 섭취한다. 여기서 공통점은 파리들도 살기 위해 영양분을 섭취한다는 것이다. 다만 살아있는 생물이나 음식, 과일에서 영양분을 얻을지 또는 사람이나 동물의 똥에서 영양분을 얻을지가 다를 뿐이다.

사람도 살기 위해 영양분을 공급받는다.

매일 식사를 하고, 영양제를 먹거나, 수면을 통해 에너지를 보충하기도 한다. 이처럼 인간이 살아가는 데 꼭 필요한 생리적 욕구 충족 이외에도 사람과의 관계를 통해서 또는 좋은 책이나 강연을 통해서도 긍정적인 에너지를 주고받으며 내외적으로 살찌워 간다.

내 인생은 똥 밟은 사건 전과 후로 극명한 차이를 보인다. 예수님의 탄생을 기준으로 기원전(B.C. Before chits)과 기원후(A.D. Nano Domini)로 나누듯 나에게는 '똥 밟은 날'(똥 밟은 날을 잘 모르시거든 PART 2. 목차 4로 돌아가세요.)은 지금까지 살아온 날들을 구분하는 기준이 되었다.

'Before 똥(B똥) 그리고 After 똥(A똥)' 해석: 똥 밟은 날 전과 후.

우선 'B똥 시절의 나'는 똥파리 같은 사람이 주변에 꼬이는 것을 싫어했다.

'네이버 백과사전'에서는 똥파리를 사람에 빗댄 표현으

로 '아무 일에나 함부로 간섭하거나 얻어먹으려고 덤벼드는 사람을 속되게 이르는 말'로 설명하고 있다. 오로지 내 기준에서 어느 누구보다도 열심히 살았다는 것에 대한 자부심이 컸다. 또 목표를 가지면 앞만 보며 돌진하여 물고기를 낚아채고야 마는 추진력도 겸비했다. 그래서 아무런 노력 없이 소위 날로 먹는 사람이 싫었다.

다음으로, 오지랖이 넓었다. 정작 어려움에 부닥친 당사자는 요청하지도 않았음에도 혼자서 안타깝다 느끼는 연민 어린 시선으로 오로지 내가 원해서 주는 도움이 허다했다. 처음에는 호의로 시작한 도움이었지만 상대가 당연하게 받거나, 내가 바라는 만큼의 반응이 되돌아오지 않으면 '도움을 받기만 하고 고마움도 잘 모른다.'라며 도왔다 토라졌다 했다.

똥 밟은 사건이 지나고 나서야(A똥) 당시에는 이해하지 못했던 사람들의 반응들이 하나둘 이해되기 시작했다. 상대는 도와달라고 하지도 않았는데 내가 원해서 도운 일이었다. 정작 받은 사람은 오히려 부담스러웠을 수도 있었을 텐데 말이다. 그러면서 아무 죄도 없는 사람을 받기만 하는 똥파리 취급을 해 버린 짝이 되어 버렸다.

똥 밟은 사건은 지금까지 살아온 인생 전체를 되돌아보게 한 '영양분 같은 날'이다.

그동안 내 생각만으로 만들어 놓은 작은 세계에 내가 옳다고 믿는 것이 전부인 줄 착각하고 살았다. 살아온 모든 것이 잘못된 것은 아니었지만 크고 굵직하게 꽉 막힌 사고가 오랜 시간 고여 버렸다. 내가 맞다고 생각했던 것들이 모든 사람에게 옳은 것은 아니었다.

인생에 똥파리는 없다.

똥파리로 생각하면 똥파리일 것이고, 영양가 듬뿍 있는 만남이었다면 영양 가득한 만남이다.

내가 마음먹기 나름이다.

남은 생을 평생 함께하기로 약속했던 과거 천생배필은 내 인생 전체를 똥 밟게 한 똥파리는 아니었다.

아팠지만, 결국 인생에 큰 깨달음을 안겨 준 귀한 영양분이었다.

4

개똥도 때론 약에 쓰인다: 투덜이가 사람 되어 가기

과거의 나는(B똥 시절) 대체로 부정적인 사람이었다.

지금 가진 것에 만족하기보다는 현실에 불만족하며 매사에 투덜거리기 일쑤였고, 깜냥도 안 되면서 제 잘난 줄 알고 주변 사람들에 훈수 두길 좋아했다. 나름으로 일리는 있다.

단지 '다른 사람이 잘 되길 바라서……'

또, 병원 간호사로 일하던 시절에도 직장이 있음에 감사하기보다는 '오늘은 중환자가 몇 명이나 올까?', '밥은 먹고 일할 수 있을까?' 등 당장에 코앞에 닥친 하루를 살아내기에 바빴다. 특히나 하루에 방문할 환자의 수를 예측하기 어렵고, 생과 사의 양극단에서 매우 급하게 돌아가는 응급실 생활은 안 그래도 섬세하고 예민한 성격을 점점 뾰족하고 앙칼진 성격으로 만드는 데 일조했다.

'밥도 못 먹고 오버타임으로 소처럼 일만 하는데 월급은 왜 이것뿐인지?'
'저 선배는 말로만 일을 다 하는지……'
'정말 싫다. 올해는 기필코 떠나고 만다.'
내 눈에 보이는 세상은 좋은 점보다 나쁜 점이 더 많게 보였다. 세상에 투덜이도 이런 투덜이가 없을 정도로 저세상 으뜸 투덜이였다.

문제를 인식한 결정적 사건은 계속되는 임용 시험 실패와 똥 밟은 사건에서 밝힌 개인사. 이 두 가지 사건으로 삶이 송두리째 흔들리며 나라는 사람에 대해 수많은 문제점을 인식하게 된다. 컴퓨터도 고장이 나면 하드웨어 문제인지 소프트웨어의 문제인지 다양한 테스트를 거쳐 문제 인식을 하는데, 특히 인간이 자신의 문제를 인식하기 위해서는 '자기 객관화'가 필수적 요소이다.

자기 객관화란 자신에게서 떨어져 나와 제삼자가 되어 외부에서 나를 객관적으로 조망하는 방법이다.

한 가지 예로 나는 과거에 취업을 한 번에 성공하지 못한 사람을 이해하지 못했다. 취업이 안 돼 속상한 감정을 공감해 주기는커녕 족집게 과외 선생이라도 된 듯 유독 부족하고 아픈 부분만 콕콕 집어 개선하라 했다. 실패자로 낙인찍힌 상대는 얼마나 불편했을까?

임용 시험을 쉽게 도전한 것은 아니다. 하지만 병원 문을 박차고 나온 이상 단번에 합격하고 싶었다. 내가 내린 결정에 절대 후회하지 않을 거라 굳게(?) 마음도 먹었다. 그렇게 결의에 찬 다짐을 할 때까지만 해도 실패의 당사자가 될 줄은 꿈에도 몰랐다. 그것도 한 번도 아닌 네 번의 실패가 있을 줄은…….

여러 번의 계속되는 실패로 바닥에 붙어 있다 못해 지하로 추락하는 자존감, 주변 사람들에게 어떻게 보일지 피해

의식이 날로 커진다. 정작 다른 사람들은 나에게 많은 관심도 없는데 말이다. 그간 살면서 겪어보지 못한 실패를 연타로 두들겨 맞은 충격은 꽤 컸다. 경주마처럼 오직 앞만 보고 정신없이 뛰어온 인생을 멈춰 세워 뒤돌아보게 했다.

무엇을 그리 많이 알기에 남을 판단하고, 내가 만든 이상한 논리와 잣대로 타인을 평가했는지. 바라보는 시선의 방향은 긍정적인 것을 보기보단 검은 눈동자로 세상을 부정적으로만 바라보았는지. 신은 나에게 실패를 통해 다시 사람으로 만들어 깨달아 가게 하셨다. 만약 도전하는 것마다 성취하고 내가 최고라며 자아도취 된 망아지처럼 날뛰는 교사가 학생들을 만났다면 그 아이들의 미래는 어떻게 되었을지 생각만 해도 끔찍하다. 상대방의 아픔에 공감조차 못 하는 문제 많은 나를 신은 쉽사리 교사로 만들지 않으셨다. 오히려 단련되고 깨달을 때까지 여러 차례 넘어뜨리고 힘을 빼 겸손해지게 만드셨다.

감사합니다. 저를 멈춰 세워 주셔서.

그 후 나는 이전보다 긍정적인 시선으로 삶을 바라보게 되었고, 없는 것보다 가진 것에 감사할 줄 알게 되었다. 그리고 인생에 쓰디쓴 실패를 여러 번 맛본 덕분에 아파하는 사람을 공감하고 위로해 줄 수 있게 되었다.

이 세상에 실패는 없다. 다만 실수만 있을 뿐이다. 실수로 넘어지면 툴툴 털고 일어서면 그만이다.

아프고 힘들 땐 나만 힘든 것 같은 생각이 들 때가 있다.

당장은 흐릿해 앞이 잘 보이지 않는 것 같지만, 시간이 지나고 나면 '아! 그때, 그래서 그랬구나!' 하고 알게 되는 것들이 있다.

'그때의 내가 선생님이 되지 않길 참 다행이다.'

개똥도 약에 쓰일 때가 있다.

이 세상에 쓸모없는 똥은 없다.

개똥

5

화장실 한 칸이 내게 준 행복: **소소한 행복**

대게 살을 맛있게 발라 먹는다. 그날은 무슨 일인지 평소에 안 먹던 대게 내장에 보슬보슬 김 가루와 김이 모락모락 나는 갓 지은 쌀밥에 참기름을 휘~, 둘러 비빈 볶은 밥이 게딱지에 얹혀 있는 자태가 먹음직스럽다. 고소한 냄새에 이끌려 한입 두입 넣다가 어느 순간 게딱지에 밥알이 한 톨도 보이지 않는다. 맛있게 먹고 손으로 배를 두드리며 집으로 걸어가는데, 갑자기 배가 살살 아파지더니 통증이 점점 심해지고 식은땀까지 줄줄 흐른다. 집까지 도착하는 데는 앞으로 15분이나 더 걸어가야 했다. 급하게 주변 상가 건물 화장실을 찾는다. 사정없이 빠르게 주변을 두리번거리지만, 화장실이 보이지 않는다. 발걸음이 급해지고 얼굴은 벌겋게 상기되며 두 다리는 점점 오므라든다. 배가 아파 걸을 수가 없다. 똥을 싸야 하는데 괄약근을 꽉 걸어 잠그니 갑자기 속까지 울렁거리기 시작한다.

'이제 더는 안 되겠다.' 갑자기 저 멀리 김밥집 상가가 보인다. 두 다리를 재빨리 움직여 상가까지 단숨에 도착. 화장실을 찾는다. 드디어 여자 화장실 발견! 화장실 문을 여는 순간 3칸 중 2칸은 문이 굳게 잠긴 채 '사용 중'으로 표시되어 있다. 다행히 나머지 한 칸이 나를 위해 반쯤 열려 있지 않겠는가! 안도의 한숨을 내쉴 틈도 없이 재빠르게 화장실로 들어가 문을 걸어 잠그고 아팠던 배를 부여잡는다. 복근에 힘을 주지 않아도 괄약근이 알아서 풀린다. 그 순간 안도의 한숨과 함께 하늘에 감사 기도를 올린다.

'나를 위해 비어 있던 화장실 한 칸이 소중하고 감사합니다.'

'화장실 안에 두루마리 휴지가 걸려 있음에도 감사합니다.'

김밥집 상가 화장실이 없었다면 나는 길거리에서 어떤 참변을 겪었을지 모른다. 일상의 소소한 행복과 감사를 깨닫는 순간이었다.

"엄마, 엄마, 엄마." 하고 딸의 목소리가 나를 졸졸 따라다닌다.

"잠깐만, 잠시 후에, 오늘은 시간이 없으니 내일 하도록 하자." 자꾸만 뒤로 미룬다.

딸과의 대화뿐 아니라 언제나 행복을 멀찌감치 뒤로 미룬다. 바쁘고 정신없이 사는 나와는 다르게 주변은 평온하다.

하루는 지나던 길 담벼락 한쪽 귀퉁이에 쓰여 있는 '행복은 지금, 이 순간.'이라는 글귀가 내 뒤통수를 따갑게 내려친다. '커다랗고 웅장한 결과를 내는 것만이 행복은 아님을, 작고 소소한 일상이 행복이라는 것을 왜 그동안 모르고 살아왔는지…….' 이제서야 행복의 진정한 의미가 무엇인지 조금씩 알아간다. 그래서인지 요즘은 나와 가장 가깝고 소중한 가족과 함께하는 시간이 영원할 것이라는 착각

에서 빠져나와 '지금, 이 순간(카르페디엠)'에 느낄 수 있는
행복을 하나하나 찾아보고 느껴보려 노력한다.

온라인 글쓰기 모임에 참여했을 때 받은 질문을 회상해
본다.

'삶 속에서 일어나는 소소한 행복을 30가지를 떠오르는
대로 기록해 보시오.'

1. 주말 아침 창문을 열고 시원한 공기를 마실 때
2. 밥솥에 밥 짓는 소리가 '차칵차칵' 들리고, 익어가는
밥 냄새를 맡을 때
3. 주말에 특별한 것을 하지 않아도 거실에 누워서 분홍
이와 도란도란 이야기할 때
4. '까르륵'하고 숨넘어갈 듯한 분홍이의 웃음소리가 들
릴 때
5. 통닭을 먹고 난 후 콜라를 꿀꺽 삼켜 느끼함이 싹 사
라질 때
6. 제주 공항에 도착하자 야자수 나무가 반길 때

7. 해안가 도로를 산책할 때 들리는 '철썩철썩' 파도 소리 그리고 바다 향기

8. 어느 날 내 생각이 났다며 친구에게 연락이 왔을 때

9. 빗방울 떨어지는 소리가 들을 때

10. 남들 일하는 날 쉴 때

11. 딸의 갓난아기 때 사진을 꺼내어 볼 때

12. 새로운 것을 배울 때

13. 좋은 사람들과 함께 이야기 나눌 때

14. '너무 쉬었나?'하고 죄책감이 들 때 알고리즘에 '그래도 괜찮다'라며 나를 공감해 주는 영상이 올라 올 때

15. 운동하고 난 이후 흘린 땀방울이 마르며 선선한 바람이 느껴질 때

16. 내 위로가 상대의 마음에 닿았을 때

17. 삼겹살 굽는 냄새가 솔솔 날 때

18. 기다리지 않고 지하철이나 버스가 바로 올 때

19. 글쓰기 인증을 마감할 때

20. 쇼핑몰에서 산 물건이 다음날 도착할 때

21. 점심 먹고 바로 낮잠 잘 때

22. 살 빠졌다는 말 들을 때

23. 가치관이 통하는 사람과 연이 닿았을 때

24. 여유롭게 평소 읽고 싶었던 책을 읽을 때

25. 건강 검진 결과가 정상일 때

26. 선의로 베푼 일에 상대가 기뻐할 때

27. 사진이 예쁘게 나왔을 때

28. 제자들이 선생님 가지 말라며 015B의 〈이젠 안녕〉 노래 불러 줬을 때 (보고 싶다, 얘들아.)

29. 동료 장학, 공개 수업 끝난 날 당일 (오~에!)

30. 그리고 똥 쌀 때

30가지의 소소한 행복을 떠올리며 적어 내려가는 동안 나도 모르게 입가에 엷은 미소가 그려진다. 그리고 이내 행복해진다.

행복이 별거 있나?

배가 아파 전전긍긍한 날. 나를 위한 화장실 한 칸이 내게 준 행복처럼.

당신을 행복하게 만드는 작은 순간은 언제입니까?
'카르페 디엠'(Carpe diem, 지금, 이 순간.)

6

다시 막히다

'그림을 그리자.'

'오늘 독서는 이만큼 해야지!'

'운동도 해야지.'

'손 글씨도 배워야지.'

'글을 써 볼까?'

'메타버스, AI 강의도 듣자.'

2021년 3월 전라남도 목포 유달산 아래 위치한 작은 학교로 첫 출근을 했다. 여러 번의 임용 시험 낙방은 원래 낮던 자존감을 더 낮은 마이너스 상태로 만들었고, '아무도 모르는 곳에 가서 살고 싶다.'라는 생각을 부추기는 땔감 역할을 했다. 그런데 막상 아는 사람 하나 없고 단 한 번도 살아본 적 없는 낯선 땅에 발을 내디디니 막막했다. 기차에서 내리자 짜디짠 생선 냄새와 뒤섞인 바닷냄새가 내 코를 찔렀고, 투박한 남도 사투리는 보이는 사람마다 성나(화나) 보였다.

'휴, 여기서 앞으로 어떻게 살아간담…….'

추운 겨울 진하게 뱉어진 한숨과 화려한 주황색 여행 가방이 내려진 거무튀튀한 기차역 아스팔트를 바라보던 나는 '내 인생에서 아직 임용 시험이 끝나지 않았다.'라는 것을 직감했다.

역시 예감은 틀리지 않았다. 그렇게 나는 다시 수도권으로 올라가기 위해 임용 시험에 재도전했고, 또 한 번의 합격을 하게 된다.

그러나 1년간의 목포 생활은 지나치게 걱정했던 내 망상과는 180도 달랐다. 학교 관리자분들과 동료 교직원들은 정 많고 따스했으며, 목포에 나란히 합격한 5명의 동기는 나와 분홍이에게 둘도 없는 가족이 돼주었다. 기차역에 깔린 칙칙한 회색 아스팔트는 우리를 반겨준 꽃길이었고, 깊게 내쉰 진한 한숨은 잔잔한 미소가 되었다. 귓속 깊이 파고드는 남도 사투리는 투박하지만, 무심히 챙겨 주는 정 많은 친오빠 같았다.

2022년 9월 경기도 신설 학교에 발령이 나게 되면서 8월 2주간은 목포에 살던 집 정리, 새로 정착할 보금자리 찾기와 이사, 개학 전 출근 등으로 정신을 차릴 수 없을 만큼 바쁜 나날을 보냈다. 그리고 9월부터 시작된 신설 학교 초임 교사 적응기는 굳이 말하지 않아도 짐작될 만큼 녹록지 않았다.

당장 9월 1일부터 아픈 학생들을 치료하기 위한 밴드와 상처용 연고부터 각종 약품과 응급 처치를 위한 의료 기구와 장비, 코로나19 감염병을 대비하기 위한 감염병 예방 물품까지 수백 가지가 넘는 물품 등을 인터넷 쇼핑몰 장바구니에 담았다. 주어진 예산으로 가격은 합리적이면서 품질은 좋은 제품을 선정해야 했기에 쇼핑하는 모습이 꿈에까지 나올 정도였다. 그 밖에 10개가 넘는 학교 보건 계획 세우기, 학부모 공개수업과 임상 장학, 학생·학부모·교직원을 위한 수많은 보건 교육, 연말 교육실적 보고 등으로 쓰나미 같은 2022년 하반기를 보냈다. 그리고 드디어 맞이한 재충전이 허락된 겨울 방학. 그런데 쉼을 기대했던 겨울 방학에 나는 다시 막혀 버리고 만다. 해가 지나고 1월이 되어서야 비로소 알아차린다. 막혀 있던 내 인생을 뻥 뚫었다며 그동안 강력하게 믿었던 '합격 뚫어뻥'이 정작 '인생 뚫어뻥'은 아니었다. '합격하면 모든 것이 해결될 거라.'고 생각했던 굳은 믿음은 산산조각나 무너져 버렸다.

쉬고 싶었지만 쉴 수 없었다. 여유를 찾고 싶었지만, 여유를 없애야 했다.

정식 교사가 된 후 처음 맞이한 겨울 방학은 이혼할 때보다 더 우울했고 더 깊게 슬펐다. 그리고 계속 바빠져야만 살 것 같았다.

'그림을 그리자.'

'오늘 독서는 이만큼 해야지!'

'운동도 해야지.'

'손 글씨도 배워야지.'

'글을 써 볼까?'

'메타버스, AI 강의도 듣자.'

막힌 걸 뚫어 보려고 이것저것 쑤셔 넣었던 것일까? 공허함과 외로움이 밀물처럼 빠르게 몰려드는 감정을 감당할 수 없었다. 텅 빈 것 같이 뻥 뚫려 버린 마음을 가만히 두지 않고는 못 살 것 같았다. 그래서 계속 없던 일도 만들어 할 수밖에 없었다. 커다란 공허함을 달래기 위해 쉼표(,)를 허락하지 않았다.

바쁘면 바쁠수록 더 여유가 없어졌고, 달래주고 어루만져 주지 못한 마음의 구멍은 더 빠르게 커졌다.

땅속 깊이 숨겨진 우물을 파듯

끝도 보이지 않는 우울을 정신없이 파댔다.

나는 왜 우울을 찾기 시작했을까?

7

외로움은 누구에게나 있었다

인간이라면 누구나 외로움과 공허함을 가지고 있다 할 지라도 오래전부터 깊게 뿌리내린 내 슬픔과 외로움의 근원을 알고 싶었다.

"어렸을 때 경험을 떠올려 보세요. 당시 어떤 감정이 들었죠?" 상담 선생님의 안내에 따라 천천히 어린 시절 나로 돌아가 본다.

"엄마가 아무 말 없이 멀리 떠나요."

"엄마 어디가?" 불러 보지만 대답이 없다. 목적지도 알려 주지 않은 채 어둠 속으로 홀연히 사라지는 엄마의 뒷

모습이 아직도 생생하다.

"엄마를 바라보는 어린 나은이의 마음은 어떤가요?" 상담 선생님이 질문을 이어간다. 그 순간 멀리 떠나가는 엄마를 붙잡지 못하고 먼발치에서 발만 동동거리는 어린 나에게로 시선이 옮겨졌다.

"엄마가 다시는 돌아오지 않을까 봐 무섭고 두려워요." 대답과 동시에 눈물이 나고 가슴이 답답해진다. 그리고 그 아이가 불쌍하고 가여웠다. 부모의 다툼 가운데 아무런 손조차 쓸 수 없는 아이가 무기력하게 느껴졌다.

프로이트의 오이디푸스, 엘렉트라 콤플렉스 이론만 살펴봐도 아이는 동성의 부모를 동일시한다. 특히 한국 사회는 부모가 자식에게 전하는 사랑, 자녀가 부모를 공경하는 마음이 중시되는 만큼 부모─자녀 간의 결속이 대단히 요구되는 나라다. 꼭 전문가가 정의한 이론이나 사회·환경적 요인으로 추가로 설명하지 않아도 아이에게 '엄마'는 우주이자 전부이다. 다 자란 성인에게조차 엄마는 옆에 있어주기만 해도 든든하고 묵직한 전율마저 느껴지는 그런 존

재다. 적어도 내게 엄마란 그런 대상이었다.

어렸을 적 넉넉지 않은 가정 형편에 부모님은 바쁘다는 말을 늘 입에 달고 사셨다. 실제로도 정말 바쁘셨다. 먹고 살기 위해서 또 자식들을 하나라도 더 가르치려고 기름때 묻히며 사신 아버지, 없는 살림에도 알뜰하게 모으시고 궂은일까지 마다하지 않은 어머니. 두 분 모두 누구보다 책임감 있게 최선을 다해 동생과 나를 길러내셨다. 부모님 덕분에 지금의 나로 성장할 수 있었다.

"내 생일에 온다고 했었잖아."

"바빠서 못 내려간다니까."

"매번 약속해 놓고 취소해 버리고, 이번 생일에는 함께 한다며."

"이번 주 토요일에 지리산 가기로 했어. 그래서 못 가." 다른 약속을 잡았다며 에둘러 거짓 이유를 찾는 엄마의 대답에 참았던 눈물이 펑펑 쏟아진다.

2021년 10월에 맞이한 39번째 생일. 외로움과 슬픔이 한데 섞여 뱉어진 눈물은 쉽게 마르지 않았다. 목포 앞 바다를 바라보며 딸과 단둘이 맞이한 생일 식사 자리가 더욱 단출하게 느껴졌다. 사랑하는 딸이 엄마의 외롭고 쓸쓸한 감정을 조금이라도 덜 알아차리길 바랐다. 그래서인지 찰싹찰싹 큰 파도 소리가 흐느끼는 울음소리를 덮어 주어서 다행이었다. 해가 지고 난 짙은 남색 밤하늘이 두 뺨을 타고 흘러내리는 눈물을 숨겨 주어서 다행이었다.

이혼 후 정상적인 가정의 형태가 깨졌다는 생각을 지우기가 여간 쉽지 않았다. 행복하지 않은 결혼 생활을 당당히 내 의지로 끊어 냈고, 교사가 되어 직장도 갖게 되었지만 어딘지 모르게 부족한 느낌이 계속 들었다. 반쪽이 없어진 채 불완전하게 산다는 생각이 멈추질 않는다. 그러다 보니 딸과 단둘이 여행을 가도 헛헛했다. 남들에게 우리 모습이 외롭게 비치는 것 같아 슬펐다. 특히 가족이 다 같이 함께하는 연휴 기간엔 둘만 밖을 나서기가 여간 쉽지 않았다. 또 여름휴가나 캠핑하러 간다는 이야기가 들릴 때면 함께 가자고 먼저 손 내밀어 주었으면 했다. 아이와 단둘이 가기엔 솔직히 외로웠다. 외로움이 커지면 커질수록 주변 지인들에게 거는 기대는 더 커졌다. 기대가 커지면 커질수록 서운한 마음이 눈덩이처럼 커지다 결국 차가운 얼음처럼 얼어 버렸다. 이혼 후 처음 몇 년간은 시험에 빨리 합격해 아이와 함께 살날만을 손꼽아 기다리느라 앞만 보고 정신없이 살았다. 그런데 막상 합격해서 조금씩 안정을 찾으니 그제야 마음 한구석에 빼곡히 쌓여 있던 외로움이 한꺼번에 밀려들기 시작했다. 그래서 다가오는 생일에는 부모님과 함께하고 싶었다. 그러면 외롭지 않을 것 같았다.

늘 바쁜 부모님 덕(?)에 이번에도 거절 받을까 걱정되었다. 수십 번을 고민하고 어렵게 말 문을 연다.

"한 달 후 내 생일 날 목포에서 같이 보낼 수 있어? 그 주 토요일에 동네에서 작은 축제도 한다는데 구경도 할 겸……."

넌지시 여쭤보긴 했지만, '당연히 원하는 답변은 나오지 않겠지!' 하며 기대를 체념으로 얼른 바꾸었다. 그러면 상처를 덜 받을 것 같았다. 그런데 '이게 웬일인가!' 어려서부터 이상하게 많이 혼날 것 같으면 걱정했던 것보다 의외로 적당히 넘어가는 경우가 종종 있었다.

"그래, 그렇게 하자!" 짧고 간결한 대답이었지만 나에겐 쉽게 들을 수 있는 반응은 아니었다. 매우 어색했다. 반면 속으론 '너무 좋았다.' 아이처럼 마냥 좋은 감정을 있는 그대로 표현하고 싶었다. 부모님과 분홍이와 함께할 생일이 빨리 오길 기다릴 때까지만 해도 행복했다. 고소장이 도착하기 전까지는 적어도 그랬다. 전남편과 아이의 면접 교섭을 속히 진행하라는 소장이 부모님 댁으로 도착했다. 사실 지금까지도 아이와 전남편은 주기적인 만남이 법원의 판결하에 허용되지 않고 있다. 전남편의 부정행위, 잘못된 성 의식, 충동 조절 능력의 부재까지 부부로서 함께 살면서 알게 된 어긋한 행동들로부터 딸아이를 지켜야 했다. 아이가 옳고 그름에 대한 판단이 서고, 자신을 지킬 수 있을 때까지 만남을 미루어야 했다. 그래서 그때까지도 소송이 한창 진행되고 있었다.

"만나기로 했는데 왜 갑자기 목포를 오지 못하는 건데……."

"고소장이 집으로 날라 왔는데 너 같으면 생일을 보낼 기분이 나겠어?" 아버지의 답변이 칼날이 되어 내 심장을 바닥으로 내리꽂는다. 아팠다. 마음이 갈기갈기 찢겨 바닥에 내동댕이쳐지는 기분이었다.

'힘들어도 나보다 힘들까? 걱정이어도 내 걱정만 할까? 왜 나보다 걱정에 걱정을 더해서 내 마음을 이리도 무겁게 만드는 것일까?'

부모님의 심정을 이해하지 못하는 것은 아니지만 원망스러웠다. 종이 한 장에 적힌 고작 몇 글자 때문에 우리가 함께하기로 한 시간을 취소했어야 했는지, 그냥 함께 시간을 보내 줄 순 없었는지.

'가벼운 종이에 무겁게 적힌 고작 몇 글자 때문에 우리의 오늘을 망칠 순 없잖아? 내 딸과 보내는 시간을 그냥 흘려보낼 순 없지, 엄마 아빠가 함께해 줄게. 걱정하지 마!'

단지 함께해 줄 사람이 필요했다. 그리고 실제론 무거워도 무거움을 가볍게 만들어 줄 사람이 필요했다.

7년 동안 연애한 애인과 결혼을 결심하게 된 결정적인 이유도 언제나 '그렇게 하자'고 내 의견에 대부분을 수용해 줬기 때문이다. 예측할 수 없는 부모님의 잦은 다툼과 갑작스러운 화해, 늘 바쁜 어른들에게 거절당한 경험들이 과거 어린 시절부터 깊게 뿌리내린 내 외로움의 근원이었다. '안 돼! 다음에, 힘들어.'라는 말을 또 듣고 싶지 않았다. 그래서 무조건 내 뜻에 동의해 주는 것이 나를 사랑하는 것이라 착각하게 됐다.

진정한 사랑은 서로 생각이 다름을 인정해야 하지만,

달라도 아닌 것까지 침묵하는 건 사랑이 아니었다.

정나은의 지식 EDDITION 5:
오이디푸스 콤플렉스 & 엘렉트라 콤플렉스

오이디푸스 콤플렉스 & 엘렉트라 콤플렉스 :

이 개념은 정신 분석학의 창시자로 유명한 지그문트 프로이트의 이론으로 그리스 신화와 접목한 심리학 용어이다. 두 가지 콤플렉스는 심리성적 성격 발달 단계의 남근기(3~6세)에 나타난다. 남근기는 성적 욕망이 생식기에 집중되어 자기 성기를 만지거나 환상을 통해 쾌감을 추구하는 시기이다.

■ **오이디푸스 콤플렉스 :** 남아가 어머니를 성적 애착 대상으로 바라고 소유하는 욕망을 가지나 아버지가 경쟁자라는 것을 알게 되고 자신과 아버지의 성기를 비교해 열등감을 느낀다. 이러한 생각의 벌로 자신의 중요한 부분인 성기를 제거할 것이라는 거세 불안을 느낀다. 아버지에 대한 적대감과 어머니에 대한 성적 욕망 사이에 느끼는 심리적 갈등인 오이디푸스 콤플렉스를 자신과 동성의 아버지와 동일시하는 것으로 자기 성적 본능을 해결하며 동일시 과정을 통해 초자아를 형성하여 사회적 일원으로 성숙하게 된다.

■ **엘렉트라 콤플렉스** : 여아는 사랑의 짝으로 아버지를 원하나 여아는 남아들이 가지는 남근이 없다는 것을 발견하고 남아의 남근을 부러워하는 남근 선망을 갖는다. 그러나 남자와 같아지려는 희망을 포기하고 거세된 사실을 받아들이면서 아버지를 사랑하고 어머니에 대해 반감을 품게 된 자신의 욕망을 동성의 어머니를 동일시함으로 심리적 갈등이었던 엘렉트라 콤플렉스를 해결하게 된다. (프로이트는 남자뿐 아니라 여자아이에게도 콤플렉스가 있다는 이론을 발표했고, 그 후 그것에 대한 이름을 칼 구스타프 융이 엘렉트라 콤플렉스라고 이름을 붙인 것이다.)

출처: 『정신건강간호학 9판』, 권영란, 현문사, 2023

PART 4

소화하다

1

되돌아보니 **필수 영양소**

일명 '똥 밟은 사건'(내겐 운수 좋은 날) 그리고 임용 합
격만으로 꽉 막힌 인생이 풀린 줄 알았다. 그런데 다시 막
혔다는 것을 알았을 땐 이미 땅속 깊숙이 동굴을 파서 들
어가 있었다. 생각의 꼬리를 끝없이 물고 늘어지는 내 모
습이 가끔 애처롭기까지 했다.

그 무렵 우연히 유튜브에서 접한 〈세 · 바 · 시(세상을
바꾸는 시간)〉 영상을 시청하게 되면서 인연을 맺게 된 앤
드 샘. 그녀의 강의는 깊숙한 우울의 강에 빠져 허우적대
는 나를 발견하게 했고, 다시 상담을 시작하도록 행동하게

하신 분이다. 직접 관계에서 겪은 어려움을 상담 공부를 통해 터득한 기술로 힘들어하는 사람에게 살아갈 힘과 위로를 주는 멋진 분이다.

2월 무렵부터 시작된 상담은 지금까지도 눈물 바람이다. 이제 더 이상 눈물을 흘릴만한 내용이 없다고 단언했지만 금방 코웃음이라도 치듯 매번 예상을 빗나가고 있다. 이제는 눈물도 모자라 콧물까지 합세해 온 얼굴에 뒤범벅된다. 매주 상담을 받으며 마음 깊숙이 박힌 우울을 캐낸다. 나 스스로 자책하는 모습을 멀찌감치 지켜보기도 했다가 어느 날은 외롭고 슬퍼하는 나에게 다가가 폭 안아 주기도 했다. 떠오르는 기억을 하나씩 꺼내 보면서 나라는 사람을 이해해 갔다.

칭찬에 인색하고 냉정했던 부모님 덕분에(?) 부단히 애쓰고 노력해야 칭찬 한 모금 얻을 수 있었다. 그래서 내가 나를 사랑해 주기보다 외부에서 주는 인정과 사랑을 갈구했다. 또, 반대되는 의견을 말하면 '말대꾸 그만해, 누굴 가르치려고 하냐?'는 반응에 말하려고 했던 생각은 어느새 어디론가 사라져 버렸다. 그래서 내 생각이 쉽게 수용 받지 못할 거라 미리 단정 짓고, 생각과 의견을 축소하거나 정작 전하고 싶은 진짜 의도를 감추기도 했다. 협의와 조정이 필요한 업무를 할 때도 과도하게 자기 검열을 많이 하거나 상대방의 의견을 먼저 고려해 주는 등 평소보다 더 많은 에너지를 쏟을 수밖에 없었다. 몇 날 며칠을 걱정하며 생각에 생각을 더한 끝에 겨우 내뱉은 말은 그 노력이 무색해질 만큼 쉽게 해결할 수 있는 일들인 경우도 많았다.

노력한 과정을 알아주기보다 결과를 드러내고 평가받는 일상이 익숙했던 환경들은 '사람의 진심을 알아보는 눈'마저 가려질 수밖에 없었다. 진심에서 우러나는 정성과 노력보다는 겉으로만 보이는 껍데기에 감동하고 살았다. 주먹구구식으로 문제를 대충 해결하며 살던 삶의 방식들을 혼인 신고 후 한 달도 채 되지 않은 시점에 발각된 남편의 외도조차 내 상식에서 당장 편한 방법으로 대충 사건을 해결하려 했다. 자라며 자연스럽게 터득한 좋지 않은 경험들은 오랜 시간이 지나며 더욱 견고해졌고 결국 잘못된 틀 안에 모든 관계의 공식을 대입하려 했다.

 '살아온 환경이 곧 나였다.'

 살아온 환경이 곧 나임을 알게 되었을 때,

 똥 밟은 사건 뒤 그 사람을 용서했다고 말은 했지만, 여전히 미움으로 가득 차 있었다. 내가 내린 선택과 결정을 어린 시절 불행한 경험을 제공한 부모님 탓으로 돌렸다. 과정보다는 결과 중심적이며 공감이 어렵고 칭찬 한 번 받기 위해 애쓰며 살게 한 부모님이 원망스러웠다.

 가질 수 없는 가정 환경을 부러워했고, 내가 꿈꾸던 가정이 사라져서 슬펐다. 홀로 지구 한가운데 떨어진 것처럼 가장 외로웠고, 동정 어린 시선이 싫다면서도 나를 불쌍하게 보고 도와줬으면 했다.

 이혼 후 꽉 막힌 인생에는 '임용 합격'이 유일한 해결책임을 굳게 믿었고, 결국 합격으로 뚫어지길 고대했지만, 합격하고 보니 아직도 내 인생은 꽉 막힌 미해결 과제였다.

그렇게 슬픈 우울 속에 갇혀 살다가 상담회기가 거듭되자 여유가 없던 마음도 어느 날은 가끔 우두커니 멈춰 서 잠시 나를 바라볼 수 있는 날도 생겼다. 그동안 얼마나 극단적으로 슬픈 면만 보고 살았었는지 그리고 내가 가진 것이 얼마나 많은데 갖지 못한 것에만 바늘구멍에 실을 꿰어 넣듯 초점을 맞추고 살았는지 조금씩 알아가기 시작했다.

숨을 쉴 수 있게 공기가 드나드는 콧구멍
이 세상에서 가장 소중한 딸을 마음껏 볼 수 있는 두 눈
딸이 전하는 소곤소곤 비밀 이야기를 언제나 들을 수 있는 두 귀
좋아하는 음식을 맛보고 사랑한다는 말을 전할 수 있는 입
생각이 닿는 데로 마음껏 걸을 수 있는 건강한 두 다리
오랜 친구와 정겹게 어깨동무할 수 있는 두 팔
그리고 다시 인생을 살 수 있게 버팀목이 되어 준 부모님
어려울 때 나보다 더 나를 도운 주변 사람들까지
나는 참 복이 많은 사람이었다. 가던 길을 잠시 멈추고 천천히 주변을 둘러보니 행복 그 자체였다.

멈추고 보니 더러운 줄만 알았던 똥은 윤기 가득한 거름이었고, 한때 인연이었던 그 사람은 내 인생에 꼭 필요한 필수 영양소였다.

인생에서 하루도 후회하지 마세요.
좋은 날은 '행복'을 주고, 나쁜 날은 '경험'을 주죠.
최악의 날은 '교훈'을 주고,
최고의 날은 '추억'을 주니까요.

– 영화 <시월애> 대사 중에서 –

2

똥은 똥이다: 그 사람이 그렇다면 그런 것이다

사람들은 같은 것을 보고도 같은 생각을 하지 않는다.

덕수궁 돌담길을 사랑하는 연인이 함께 걸었다. 한 사람은 연인과 함께 걷는 덕수궁 돌담길이 그 여느 때보다 고즈넉하고 평안하게 느껴질 수 있지만 다른 한 사람은 과거에 함께 걸었던 헤어진 연인이 생각나는 그리움의 장소일수도 있다. 이처럼 우리는 각자 살아오며 겪어 온 경험으로 삶에 의미를 부여한다.

어릴 적부터 오랜 시간 감정을 부정당한 경험들은 점차

똥을 똥으로 보지 못하게 만들었다. 속상한 일이 있어 상황을 부모님께 설명해도 먼저 딸의 상한 마음을 공감받기보다 '그때는 이렇게 했어야지.'라며 해결책을 배우기가 바빴다. 또 감정이 솔직했다고는 하지만 선을 넘어 상대에게 무례하게 받아들여질 수 있는 언동들을 보고 자란 나로선 결혼 생활 동안에도 남편의 좋은 점을 찾기보단 눈에 거슬리는 부분을 찾아 들춰냈다. 이런 언어 습관들은 안 그래도 감정표현이 서툰 배우자의 마음을 더욱 숨어 버리게 만드는 기폭제가 됐고 결과적으로 부부간에 감정을 살피는 대화보단 겉핥기식의 말만 주고받는 일상이 대부분이었다. 내 삶에서 가장 중요한 사람들과 이중 언어를 사용하거나 마음과 마음을 나누는 진솔한 대화를 하지 못하다 보니 해가 갈수록 더욱 공허해져만 갔다. 커지는 공허함과 외로움은 이미 가지고 있는 일상의 행복과 즐거움을 찾기보다 내가 갖지 못한 그것에 대해 부러움을 좇았고 결국, 부러움을 너머 질투를 낳았다. 내가 가진 것은 적어 보이고, 남이 가진 것은 상대적으로 많아 보였다. 그래서 진짜 삶이 아닌 가짜의 일상으로 나를 더 포장할 수밖에 없었다.

가짜의 삶은 점점 내 똥을 내 똥으로 인정하지 못했고 남의 똥을 내 똥이라 말했다.

최근 한 강연을 듣고 그동안 자주 사용했던 '긍정'이라는 단어의 참뜻을 알게 되었다. 이혼 이후 가장 크게 바뀌고 싶은 태도는 긍정적으로 생각하고 긍정적인 삶을 살고 싶었다. 어려서부터 내 생각을 있는 그대로 표현하면 부정당한 경험이 많아서인지 부정하는 삶보다는 '긍정적이고 좋은 삶'을 선택하며 살고 싶었다. 긍정의 참뜻을 알기 전엔 긍정의 뜻은 부정의 반대어로만 이해했다. 그래서 긍정을 나쁜 말과 나쁜 생각이 아닌 올바른 말과 좋은 생각이라 정의 내렸다. 그래서 내 인생에 어려움이 찾아왔을 때도 '긍정적으로 생각하자. 좋은 생각이 긍정적인 말과 행동을 만들 수 있는 거야.'라고 반복적으로 되뇌었다.

그런데 '긍정(肯定)'의 참뜻을 국어사전에서는 아래와 같이 소개한다.

긍정(肯定):

– 그러하다고 생각하여 옳다고 인정함.

– 일정한 판단에서 문제가 되어 있는 주어와 술어와의 관계를 그대로 인정하는 일. 'S는 P이다.'라는 형태의 명제를 참이라고 승인하는 것이다.

'있는 그대로를 인정'하는 것이 '긍정'이었다.

'긍정'의 참뜻을 아는 순간 지금까지 왜 이렇게 내 삶이 힘들 수밖에 없었는지를 한순간에 깨달았다. '좋은 나'뿐만 아니라 '부족한 나'도 '온전한 나'로서 받아들여져야 했다. 그런데 더하지도 빼지도 않은 '있는 그대로 나'를 온전히 수용 받지 못했던 어린 시절은, 40살 다 큰 어른이 될 때까지도 나를 부정하며 살게 한 발판이 되었다. 나를 인정하지 못한 결과는 결국 다른 사람의 말과 생각도 있는 그대로 수용하지 못했다. 그래서 생각이 서로 다른 경우엔 상대를 이해시켜야만 직성이 풀렸다.

'온전히 수용 받지 못한 경험은 결국 다른 사람도 온전히

수용해 주지 못했다.'

　상대의 마음이 불편하면 불편한 것이다. 그 사람이 그렇다고 하면 그런 것이다.
　자녀가 속상하다 하면 그 속상함을 알아주면 된다. 그리고 자녀가 한 말을 그대로 되물어 주기만 하면 된다. 참인지 거짓인지 저울질하기보다 그 사람이 옳다고 하면 그것이 참이라고 인정하면 된다.
　똥은 그냥 똥이다.

3

덕분이네! 퇴비: **결핍**은 내게 **선물**이었다

비 온 뒤 땅이 굳어지는 것이 자연의 섭리일까?

오르락내리락 '희로애락 인생 기차'는 살면서 누구나 꼭 한 번쯤 경험해야 하는 걸까? 기쁨이 있으면 슬픔이 있고 사랑이 있으면 즐거움도 있는 인생의 희로애락 맛을 이제야 조금씩 알아간다.

새싹이 움트는 봄, 나뭇가지 사이로 매미 울음소리가 새어 나오는 여름이 지나고 나면 나뭇잎이 우수수 떨어지는 가을이 찾아온다. 가을마저 지나고 나니 어느새 매서운 칼바람이 휘몰아치는 겨울이다. 그리곤 언제 추웠냐는 듯 이

내 또 따뜻한 봄이 다시 찾아온다. 계절이 반복되듯 내 일 상도 차가운 겨울이 지나고 다시 봄으로 자리를 잡아갔다.

예전엔 몰랐던 것도 이제는 경험치가 쌓이면서 자연스 럽게 삶의 이치를 터득해 간다. 인생의 쓴맛도 느껴보니 달콤한 맛이 배로 느껴져 하루하루 주어진 삶이 더욱 감사 하게 여겨지는 요즘이다.

실패와 실수는 예나 지금이나 되도록 멀리하고 싶지만, 이제는 성공과 실패를 받아들이는 관점이 과거와는 많이 달라졌다. 과거에는 목표한 바를 꼭 이루어야지만 성공한 삶이고 실패하면 모두 잃는 것으로만 알았다면, 이제는 달 리다가 돌부리에 넘어져도 다시 일어서면 성공이라고 정 의 내릴 수 있게 되었다. 그리고 실수도 귀한 경험이고 결 핍은 오히려 인생 역전할 기회를 마련해 주는 선물이라는 것도 깨닫게 되었다.

어느 날은 내가 가진 결핍을 노트에 적고, 이어 결핍이 내게 준 이득을 연결 지어 보았다.

1) 부모로부터 충분히 받지 못한 사랑과 인정 결핍 덕분에 주변 사람들이 가진 보석같이 빛나는 장점을 세심하고 정교하게 칭찬해 줄 수 있게 되었다.

2) 여러 번 임용 시험에 떨어진 덕분에 열심히 노력해도 성적이 나오지 않는 아이들을 공감할 수 있게 되었다.

3) 가정이 깨어진 덕분에 관계는 계속해서 꾸준하게 가꿔 나가야 하는 것을 배웠다. 그리고 파트너를 존중하고 배려해야 나도 존중받는다는 것을 알게 되었다.

4) 한 부모 가정이 되어 본 덕분에 한 부모 가정, 조손가정, 시설에서 생활하는 아이들의 마음을 조금 더 공감할 수 있게 되었다.

5) 내 집이 없어 안정감 없이 살아 본 덕분에 마음 편하게 쉴 수 있는 2평짜리 고시방에서도 행복할 수 있었다. 또, 함께 살게 된 딸과 구수한 밥을 지어 같이 식사할 수 있는 공간과 시간이 있음에 감사하다.

6) 우여곡절 파란만장한 삶을 살아 본 덕분에 평범한 오늘이 가장 행복한 날임을 깨달았다.

7) 건강한 소통을 못하고 자라온 덕에 진정한 대화는 마

음과 마음을 나누는 것이며, 상대의 말을 끝까지 경청하는 것이 관계의 시작임을 깨달았다.

8) 아이를 낳고 부모도 되어보니 내 부모님께서 주신 사랑이 그들이 가진 사랑 중 최고의 사랑을 주었음을 깨달았다.

우리는 길을 걷다 '똥'을 만나면 어떻게 행동하는가? 일단 잽싸게 똥을 피할 것이다. 이어 미간을 찌푸리고, 엄지와 검지 두 손가락으로 코를 꽉 잡아 냄새를 막으려고 콧구멍의 작은 틈도 허락하지 않을 것이다.

'똥은 더럽다.'라고 생각하지만, 알고 보면 '우리는 똥 덕분에 산다.'

내가 뱉은 똥은 시간이 지남에 따라 미생물에 의해 발효되면서 분해가 되어 비료(퇴비)가 된다. 그리고 농사가 풍년을 이루거나 작물을 잘 키우기 위해서는 똥이 가진 질소와 인(비료)이 필요하다. 우리가 화장실 변기에 물을 내리면 그 똥은 하수 처리장에서 물기를 빼고 남은 오물을 커다란 발효 탱크에 넣고 고온 발효 후 왕겨를 섞어 비료를 만드는데 이런 비료를 컴포스트라고 한다. 이 컴포스트를 이용해 채소를 가꾸거나 정화된 물로 돼지나 소가 먹는 사료를 만들고 결국엔 정성껏 키운 고기와 가꾼 채소들은 다시 사람의 입으로 돌아온다. 이뿐만이 아니라 오물이 발효되면 엄청난 열이 나오는데 이것은 전기로 바꾸어 비닐하우스를 따뜻하게 해서 시금치와 같은 채소를 키우기도 한다.[5]

내가 뱉어낸 똥은 '보물 같은 똥'이었다.

삼키고 뱉고 우리가 또 삼킨다.

우리는 똥 덕분에 산다.

연달아 맞은 실패로, 잃은 게 많은 인생인 줄 알았지만 갖지 못해 생긴 결핍과 실패는 자세히 들여다보니, 결국 선물이었다.

잃어 보니, 남은 것에 더 집중할 수 있었다.

그리고 그 남은 것을 지혜롭게 가꿔나가기 위해 내면을

---

5) 『똥 수업』, 유자와 노리코, 지경사

돌보게 되었다.

 송수용의 『내 상처의 크기가 내 사명의 크기다』에서 인생
은 그릇이 큰 사람에게 큰 시련을 준다고 말한다. 나에게
그런 아픈 일들이 있었던 것은 재수가 없어서, 운이 나빠
서가 아니라 내가 감당해야 할 사명이 있기 때문이라는 그
말이 다친 나의 내면을 다시 가꾸는 데에 큰 힘이 되었다.[6]

---

6) 『내 상처의 크기가 내 사명의 크기다』, 송수용, 스타리치북스

4

만약 **휴지**가 없다면

"선생님이랑 미용실 갈까?"

똥 밟은 사건이 있던 그해 임용 시험에 꼭 합격하고 싶었다. 그 어느 때보다 합격이 간절했다. 그러나 신은 아직도 내가 깨닫고 다듬어져야 할 부분이 많이 남았다고 생각했는지 그해 합격 선물은 배달되지 않았다. 일 년에 딱 한 번뿐인 임용 시험에 재도전하기 위해서는 1년 동안 생활하고 공부할 돈이 필요해 기간제 교사를 해야만 했다. 엎친 데 덮친 격으로 코로나19 팬데믹이 발생하면서 인구 밀집도가 많아 감염 위험성이 높은 서울에서 근무할 자신이 없었다. 그래서 선택한 곳이 강원도였다.

예비 교사를 위해 정보를 주고받는 커뮤니티에 올라온 기간제 교사 채용 글이다.

공기 좋은 시골 마을, 인품 좋은 관리자, 따뜻한 동료 직원 그리고 학생 수가 50명 남짓한 작은 소규모 학교와 새로 지은 교장 관사를 사용할 수 있다는 학교 소개 글은 왠지 모르게 오랫동안 지친 나를 따뜻하게 품어줄 수 있을 것만 같았다. 이혼 후 정규교사가 되지 못해 그간 고생하신 부모님을 뵐 면목도 없었고, 또다시 엄마와 함께 살기 어렵게 된 딸에게 미안한 마음뿐이었다. 결혼 후 세 식구가 단란하게 살려고 마련했던 집도 이혼 후 2년이 지나서야 간신히 팔렸다. 집을 팔고 얼마 남지 않은 돈은 분홍이와 함께 살 보금자리를 마련하기 위해서 꼭 지켜야만 했다. 그래서 일을 해야만 했고 그렇게 나는 강원도 철원에 있는 작은 학교까지 가게 됐다.

딸이 있는 곳은 전라북도 군산. 내가 근무하게 될 곳은 강원도 철원.

주말마다 딸을 보려면 편도 300km, 왕복 600km. 고속
버스로 편도 6시간, 왕복 12시간이나 되는 거리를 이동해
야 했다. 철원에서 군산을 매주 왕복으로 오고 가는 시간
은 내가 가장 사랑하고, 보고 싶은 딸을 만나러 가는 가슴
설레는 여행길로 느껴졌다. 아니 어쩌면 여행가는 길이라
고 최면을 거는 것이 이혼 후 떠돌아다니며 산 설움을 조
금이나마 달랠 수 있었는지도 모르겠다.

그렇게 다섯 살 딸과 나는 금요일 밤이면 이산가족 상봉
하는 것처럼 반갑게 얼싸안았다. 토요일엔 온종일 둘이 신
나게 데이트했고, 일요일은 영영 이별하듯 이 세상 가장
슬픈 헤어짐을 매주 반복했다. 헤어짐이 슬펐지만 빨리 분
홍이 와 함께 살기 위해선 다시 철원으로 돌아가야 했다.

내가 보이지 않을 때까지 눈을 떼지 않고 손을 흔들어
주던 작은 창문 속 할머니 품에 안긴 조그만 딸의 모습을
잊을 수가 없다. 그리고 자신의 딸과 손녀의 헤어짐을 보
고 말없이 눈물을 훔치시던 엄마의 모습이 아직도 눈에 선
하다. 군산 고속버스 터미널로 가기 위해 몸을 싣던 택시

안은 조용히 눈물을 훔칠 수 있는 공간이 되어 주었다. 눈물을 닦을 휴지가 없어 손등으로 쓱 한번 훑어내고 반대편 옷소매에 닦아 낸다. 계속 흐르는 콧물은 엄지와 검지로 코를 꽉 잡아 콧물을 손가락 사이로 모으고, 모인 콧물은 책가방 속 노트 귀퉁이를 죽 찢어 닦아 냈다.

이가 없으면 잇몸으로 먹고, 똥 닦을 휴지가 없으면 넓은 나뭇잎을 사용하듯 눈물, 콧물 닦을 휴지가 없으면 손가락과 옷소매 그리고 공부할 때 사용하던 깜지 노트가 최고였다. 그리고 막상 한 부모 가장이 되자, 못해서 포기하는 것보다 혼자서도 할 수 있는 일이 점점 늘어났다. 이제는 남편의 도움 없이도 손 세차를 거뜬하게 해낸다. 셀프 세차장에는 대부분 남자가 있지만, 굳이 신경 쓰지 않는다. 물론 처음부터 그랬던 것은 아니다. 똥 밟은 지(이 사건을 모르면 다시 앞으로 되돌아가세요.) 얼마 되지 않았을 때는 공휴일이 무척 싫었다. 특히 어린이날이나 크리스마스 날 밖을 나가보면 엄마, 아빠와 손잡고 나온 아이들로 가득했다. 그래서인지 유독 딸과 단둘이 걷는 모습이 한 부모 가정인 게 들킬까 봐 신경 쓰였다. 한 부모 가정이 된 게 죄지은 것도 아니고, 또 남들은 우리에게 관심도 없을 텐데 혼자 상상해서 만들어 낸 남들의 시선이 불편했다. 그 후 이혼하고 꽤 오랜 시간이 지났음에도 공휴일에 외출은 한동안 쉽지 않았다.

이혼 전에는 전혀 보이지 않았던 것들이 이혼 후에 보이기 시작했다. 부모님이 계시지 않아 할머니와 할아버지 손에 크는 아이들, 부모님의 이혼으로 한쪽 부모님과 사는 아이 그리고 그 아이의 마음이 궁금해졌다. 아빠가 없으면 아빠 목에서 목마 타는 아이들이 부러울 것 같았고, 엄마가 없으면 비 오는 날 엄마 손잡고 우산을 쓰며 교문 앞에서 하교하는 친구들이 부러울 것 같았다.

가졌다가 잃어도 보니 보이지 않던 게 보였다. 그리고 어느새 그것들에 나의 시선이 머물러 있었다.

그날도 코로나19 감염병을 예방하기 위해 학교 건물 입실 전 전교생 발열 체크를 해야만 했다. 전교생 이래 봤자 50명 내외였고 체온 측정을 할 때마다 유독 한 여학생이 눈에 띄었다. 꼬불꼬불 꼬실라 진 머리카락이 숱도 상당히 많아 꼭 아프리카에 사는 원주민 머리 같았다. 게다가 친구들과 대화하는 모습에서도 화낼 상황이 아닌데 큰 소리로 화를 내는 것처럼 대답하는 그 아이가 어딘지 모르게 위태로워 보였다. 알고 보니 베트남 엄마와 한국인 아빠 사이에서 태어난 후 엄마와 아빠가 헤어지게 되면서 엄마는 베트남으로 다시 돌아갔고, 대부분 시간을 할머니와 보내고 있었다. 귀가 잘 들리지 않아 큰 소리로 말하는 할머니와 살다 보니 목소리가 커질 수밖에 없었다.

사정을 알고 나니 '만약 엄마가 계셨더라면 스트레이트 파마를 해 주었을 텐데.'라는 생각이 불현듯 내 머리를 스쳤고 당장이라도 함께 미용실을 가고 싶었다.

"J야, 너 머리 곱슬머리이잖아. 혹시 스트레이트파마 하고 싶어?"

"네, 당연히 하고 싶죠." 역시나 J답게 거침없는 답변이었다.

"선생님이랑 함께 미용실 가 볼까?"라는 조심스러운 물

음에 아이는 기다렸다는 듯이 "네, 같이 가요."라고 바로
화답했다.

"만약 부모님이 허락을 해 주시면 선생님과 함께 동네
미용실에 가자."

함께 가자는 내 말에 고개를 끄덕이며 해맑게 웃던 J 모
습을 잊을 수 없다. 그날 저녁 J는 아버지께 허락받았고,
나는 담임 교사가 아니었기에 교감 선생님께 말씀드리고
구두 결제를 받았다. 그리고 우리는 약속한 날 학교를 마
치자마자 동송읍에서 머리를 가장 예쁘게 손질할 것 같은
미용실을 골라 스트레이트파마를 했다. J가 세상에 태어
나 처음으로 곧은 직모로 다시 태어난 순간을 함께 할 수
있어 영광이었다. 또, J의 '하루 엄마'가 되어 줄 수 있어 기
뻤다. 파마가 끝나고 곧장 동송시장에 들러 예쁜 핀 두 개
를 사서 J의 머리카락 사이에 꽂아주었다.

"J야, 아까 사장님 말씀 들었지? 6월에 파마했으니 4개
월 지나 10월쯤 다시 파마하러 오면 될 거야."

"그때도 선생님이 같이 와 주실 수 있으세요?" 아무것도
모르고 해맑게 웃으며 부탁하던 11살의 물음에 잠깐 틈을

들이며 간신히 대답을 이어나갔다.

"9월부터는 선생님 대신 다른 선생님이 출근하실 거야. 그때는 선생님이 함께 가긴 어려울 것 같아. 10월엔 아빠나 할머니와 함께 오자꾸나."

8월 31일까지 학교와의 계약이 종료되기에 10월에는 함께 해줄 수 없어 미안했다. 하지만 J와 함께한 '하루 엄마'의 추억이 앞으로 J가 살아갈 인생에 누군가 함께해 준 경험으로 남았길 바란다.

5

약속을 지킨다는 것: **진짜**와 **가짜**를 **구별**하는 방법

'약속'이란 무엇일까?

국어사전에서 약속이란 다른 사람과 앞으로의 일을 어떻게 할 것인가를 미리 정하는 것이라 설명한다.

"선생님이 다른 학교로 전근을 가게 되었어." 갑작스러운 소식을 아이들에게 전했다.

2021년 전라남도에 교사 임용이 된 후 재임용을 도전하기로 결심과 동시에 2022년 다른 지역으로 또 한 번의 임용 합격을 선물 받게 되었다. 기존에 근무했던 학교는 자

연스레 의원 면직(퇴직)하고, 새로운 학교로 발령을 기다
려야 하는 상황이었다. 교사로 재직하며 재도전했던 터라
공부량이 턱없이 부족했고 합격할 것이라 전혀 예상조차
하지 못했다. 합격자 발표는 3월 새 학기 시작되기 전 2월
에 발표되기에 겨울 방학 중인 아이들과 제대로 된 인사조
차 나누지 못한 채 헤어지게 되는 상황이 발생했다.

2월의 마지막 날까지만 근무할 예정이었지만, 학교는
개학과 동시에 신종 코로나바이러스의 변이인 오미크론이
대유행하고 있었다. 감염병의 전파와 확산을 막기 위해 전
국 학교는 초비상 상태였다. 보건 교사 업무량도 평소보다
2~3배는 늘어났을 정도였다. 이런 다급한 상황에서 갑작
스레 학교를 그만두게 되어 커지는 공백이 걱정스러운 마
음에 3월 2일 하루 더 출근하기로 마음먹었다.

책임감에 하루 더 출근하길 잘한 것이었을까? 오랜 겨
울 방학을 끝내고 등교한 아이들의 우렁찬 목소리가 반갑
게 들린다.

"선생님, 안녕하세요. 오랜만에요!" 발랄한 보건실 단골

손님(?)들이 속속 모여든다. 그런데 헤어짐을 나만 알고 있어서인지 애써 웃음 짓기가 어렵다. 아이들의 재잘거리는 소리가 하나, 둘 멈추어갈 때까지 기다리다 조심스레 말을 건넨다.

"얘들아, 선생님이 다른 지역으로 발령이 나게 되어 오늘이 마지막 근무야."

"정말요? 선생님 가지 마세요." 갑작스러운 통보에 적잖이 당황한 기색이 역력하다.

"그러게, 어쩌다 보니 다른 지역으로 발령을 받게 되었네……."

"새로 오신 보건 선생님 말씀도 잘 듣고, 아프지 말고 건강히 잘 지내야 해. 그리고 보건실엔 너무 자주 오지 말자!"

갑작스러운 소식이 주는 어색함과 적막감을 풀기 위해 농담 반 진담 반 '보건실 자주 방문 하지 말라.'는 당부와 함께 아이들에게 마지막 인사를 건넨다. 그런데 지난가을 고통스러운 마음을 알리려고 자기 몸에 생채기 낸 아이가 유독 마음에 쓰였다. 그만둘 무렵까지도 그 당시 K의 눈물을 잊을 수 없었다. 그래서 K만 다시 따로 불러 마지막 인사를 건넸다. 그리곤 조심스레 연락처를 묻는다.

"선생님이 이사하기 전에 K랑 함께 데이트하고 싶은데, 시간 괜찮을까?"

아이는 "왜요?"하고 불안한 모습과 동시에 의아하다는 표정을 번갈아 지으며 다시 조용히 되묻는다. 아마도 아픈 마음을 그릇된 방식으로 표현했던 것을 내게 들켜 불편했던 것이었을까?

"왜긴, 선생님이 K를 두고 떠나기가 맘이 쓰여서 그렇지." 아이는 웬일인지 걱정했던 것보다 의심을 빨리 거두고 흔쾌히 "알겠어요."라고 만남에 응했다. 이어 연습장 종이를 죽 찢더니 연락처를 적어 준다.

당시 자해 사건으로 위기 관리 위원회가 열리고 재발 방지를 위해 학교 측에서 학생과 학부모에게 심층 상담을 받아 보길 권유했지만 끝내 거절하였다. 미해결된 아픔을 마음 한구석에 묻었을 생각에 더욱 신경이 쓰였다. 그 당시 굳게 닫힌 K의 마음을 보았기에 연락처를 알려준 것이 고마웠다.

어느 누군가에게는 마음을 여는 것이 세상 그 무엇보

다 쉽지 않은 결정임을 그리고 큰 용기가 필요했음을 알기에⋯⋯. 그렇게 마지막 인사 후 3개월이 훌쩍 지났다.

K를 만나야 하는데 자꾸만 용기가 생기지 않는다. 아니 정확히 말하면 이런저런 핑계들을 나열해 댔다. 개인적인 일정, 자기 계발 그보다 더 강력한 이유는 '내가 괜한 오지랖을 부리는 걸까? 이제 그 학교 교사도 아닌데⋯⋯. 내 마음만 앞섰던 건 아닐까?', '만나서 이런저런 나눈 이야기가 괜한 충고가 되어서 되려 상처 되진 않았을까?', '너무 늦게 연락해서 만날 마음조차 이미 사라진 것은 아닐까?' 이런저런 생각들로 차일피일 만남을 미루다 보니 마음 한 구석이 불편함으로 가득 차오른다.

그 무렵 글에 관심이 생겨 글쓰기 플랫폼을 통해 매일의 단상을 적는 연습을 했다. 마침 글 배우님의『괜찮지 않지만 괜찮은 척했다』의 책을 읽고 서평 쓰기 연습을 하며 평소 나의 잘못된 습관을 알아차린다.

질문: 주변의 지인 중에 이 책을 추천하고 싶은 사람이

있나요? 그 지인에게 이 책의 일부분을 읽어 준다면 어떤 부분을 읽어 주고 싶은가요? 이유는 무엇인가요? –한달어스 인스타그램(@Handal.us)

답변: 학교 제자에게 선물을 주고 싶다. 보건실에서 학생들을 치료하다 보면 자기 신체에 상처를 내는(자해) 학생들이 종종 보인다. 한 아이가 배구하다 손가락을 삐어 치료하기 위해 방문했다. 유난히 밝은 미소로 인사를 해서 칭찬했던 기억이 있는 아이. 그런데 아픈 손을 치료하려고 손을 살펴보다 칼로 손등을 선명하게 그은 자국이 여럿 보인다. '나 힘들어요. 제발 알아 주세요.'라며 훤히 보이는 상처들이 꼭 내게 말 거는 것 같았다. 그 순간 자해 학생에게는 자해하게 된 동기에 대해 직접적인 질문 기술을 사용하라는 교사연수 내용이 떠올랐다. 그래서 보이는 그대로 되물었다.

"이 상처 자해한 거야?" 자해했냐는 질문에 K는 놀라 당황하며 갑자기 호흡이 가빠진다. 자신의 힘듦을 좀 알아봐 줬으면 하는 마음에 손등에 상처를 냈지만, 반면 아픔을 들키고 싶지 않은 마음과 동시에 자기 몸에 상처를 낸 죄책감까지 감당하기 힘들었던 모양이다. 나는 학생을 꼭 안아 주며 나지막하게 '괜찮아'라고 말했다. K는 갑자기 눈물을 보였다. 나 역시 학창 시절 어둠을 숨기고자 밝으므로 포장했던 기억이 있어 K가 가진 상처를 모른 척할 수가 없었다.

질문에 대한 답을 써 내려가다 보니 이따금씩 말과 행동이 일치되지 않게 살아온 내 모습을 곧장 직면하게 되었다.

모든 진심은 말보단 행동에 있다.
진짜 의지를 보여 주는 것은 오직 행동만 있다.

예를 들어 '밥 한번 먹자.'라는 말에는 의례적인 인사말과 정말 시간을 내어서 만나자는 두 가지의 뜻이 있다. 당연히 후자가 진짜다. 현대인은 좀처럼 바쁜 시간을 쪼개어 누군가를 위해 시간을 할애한다는 게 보통 쉬운 일은 아니다. 그래서 정말 만날 마음이 있으면 대화 중간에 바로 약속을 정하거나 적어도 며칠 후에 날을 다시 정한다. 이처럼 진짜 마음과 가짜 마음을 구별하는 방법은 말보단 행동으로 알아차릴 수 있다. 지금껏 말로만 그 아이의 아픈 마음을 알아주는 척했을 뿐 진심으로 공감한 것이 아니었다. 본질을 깨닫는 순간, 곧장 만날 약속을 정하고 서점으로 달려갔다. K에게 서평쓰기에서 소개되었던 책 『괜찮지 않지만 괜찮은 척했다』을 한 권 서점에서 샀다. 그리고 꼭 전하고 싶은 말을 빈 곳에 적고, 읽고 공감했으면 하는 부분에도 형광펜으로 살포시 밑줄을 그었다.

드디어 만나기로 한 장소에 도착.

오랜만에 만나 단둘이 처음 함께하는 자리가 어색할 법도 한데 의외로 묻는 말에 답을 잘하는 것이 아닌가. 스승이 되고 보니 학생들과 대화할 때 생각보다 체력이 많이 소진된다. 보통 장난기 가득한 녀석들조차도 선생님과 단둘이 만날 때는 물음에 대답만 간신히 할 정도로 본성을 숨긴다. 그러기에 대화의 공백이 생기지 않도록 아이들과 단둘이 만난다는 게 여간 신경 쓸 게 많다.

"K야, 보고 싶었어. 연락이 많이 늦었지?" 미안한 마음을 전한다.

"혹시 선생님 연락 기다렸어?"

"네, 기다렸어요." 이 말을 듣는 순간 심장이 덜컥 내려앉았다. 만약 만나지 못했다면 나의 언행 불일치한 모습으로 인해 13살 어린 소녀의 가슴에 믿음과 신뢰를 깨 버리는 상처를 줄 뻔했다.

약속이란?

"새끼손가락 마주 걸고 꼭꼭 약속해." 어린 시절 친구들과 자주 부르던 동요 가사처럼, 약속은 둘 이상의 관계에서 새끼손가락을 마주 걸고 함께 정한 말과 행동을 일치시키기로 다짐하는 행동이다.

사랑하는 사람이 전해 주는 말이 진실할 거라 믿었다.

말을 뒤따르는 행동이 없었어도 '사랑한다. 평생 함께하자.'라는 고백을 굳게 믿었다.

두 번 다시는 아프게 하지 않겠다고 약속했기에 뱉은 말을 지킬 거라 믿었다.

말과는 전혀 반대되는 행동으로 의심이 되는 순간에도 말의 힘을 더욱 신뢰했다.

결국, 듣고 싶은 대로 듣고, 믿고 싶은 대로 믿었더니 '진짜'를 보지 못했다.

작은 약속 하나까지도 소중히 여기고, 귀하게 지켜 주는 것이야말로 좋은 관계를 만드는 첫걸음이다. 오늘도 글을 쓰며 깨달아 간다.

6

아무리 긴 **폭풍**도 오래가진 않았다

7년 연애, 7년의 결혼 생활 그리고 한 사람과 결심한 이별은 많은 것들을 뒤따르게 했다.

이혼 경험과 홀로 아이를 양육해야 하는 부담감 그리고 분노, 슬픔, 외로움에 대한 감정 조절, 더 나아가 어린 시절 자라난 환경에 대한 부정 등 많은 아픔이 이별 후 내게 왔다.

결혼 생활을 시작하기 전부터 깨어진 관계였지만, 깨어진 장독에도 적당히 흙을 덧바르고 물을 부어 가며 관계가 다시 회복되길 간절히 소망했다. 결혼식 날을 며칠 앞두고 갑작스러운 남편의 갑상샘 암 진단 소식을 접하게 되자 그동안 배신감에 밤마다 고통스러워할 때 미안하다 울며 비는 남편이 불쌍해졌다. 사람이 살다 보면 단 한 번도 실수하지 않고 사는 사람이 어딨느냐고 합리화하며 암까지 걸린 남편이 안쓰러워 보였고 그래서 용서해 보기로 마음먹었다. 그리고 이왕 헤어질 게 아니라면 주변에 알려져 남들의 가십거리로 오르내리고 싶지 않아 비밀로 했다. 하지만 마음을 다잡고 용서해 보려 애를 썼지만, 생각만큼 쉽지는 않았다. 깊숙이 박혀 버린 마음속 한은 상담받을 때만 잠깐 옅어졌다가 시간이 지나면 비 온 뒤 웅덩이에 흙탕물이 고이듯 다시 깜깜해졌다. 결혼 후 3년이 지날 때까지도 남편이 또다시 상처를 줄까 봐 걱정되어 아이를 갖지 못했다. 그만큼 한 번 잃은 신뢰는 회복되기가 어려웠다.

그래도 시간이 약이어서 무뎌진 건지 조금씩 믿어보자는 쪽으로 마음을 고쳐먹으니, 우리에게 생명이 찾아왔다. 아기가 생겼다며 기뻐 눈물 흘리며 꽃다발을 한 아름

들고 내 눈앞에 나타났던 순간이 영원하길 바랐던 건 또 지나친 욕심이었을까?

어느 날 갑자기 건강 검진에서 선천적으로 심장에 구멍이 있다며 심장 개복술을 해야 나을 수 있다는 소식을 전하는 남편. 걱정되었지만 넋 놓고 걱정만 하고 있을 수 없었다. 심장을 여는 개복 수술을 하지 않고도 다른 방법으로 고칠 수 있는 병원이 있는지 찾아보기 시작했다. 그리고 이럴 때 직업이 간호사여서 남편을 도울 수 있음에 감사했다. 주변 지인의 도움으로 수술하지 않고도 열린 구멍을 닫아보겠다는 병원을 소개받게 되었고, 다행히 그 병원에서 시술만으로 심장에 나 있는 구멍을 막을 수 있었다. 시술 후 주치의는 심장은 계속 뛰는 장기여서 구멍을 막은 풍선이 떨어져 나올 수 있으니 당분간 심장이 안정되도록 주의를 당부했다. 나는 남편의 심장이 놀라지 않도록 노심초사하며 하루하루를 곁에서 간호해 주었다. 그로부터 정확히 일주일 후 우연히 남편의 휴대 전화를 보게 되었고, 결혼식을 올리기 전 심장이 바닥으로 수직 낙하했던 기억과 정확히 일치하는 순간을 또다시 경험했다.

아무것도 모른 채 또, 바보처럼 지내는 내가 하늘이 불쌍했을까?

남편의 심장이 떨리면 막힌 구멍이 다시 열리게 될까 봐 놀라지 않게 발걸음도 조심조심, 방문도 살살 닫았다. 그런데 정작 당사자는 콩닥콩닥 가슴 떨리는 사랑을 하고 있었다. 가끔 남편의 행동이 이상했지만, 그냥 흘려보냈던 목구멍에 닿은 까슬한 좁쌀들은 곧 목에 걸릴 큰 가시의 전조증상이었다. 생후 18개월 된 분홍이와 여행 가방 한 개에 담은 몇 가지 옷과 아이 우유병, 이유식 담을 용기, 기저귀가 집에서 가지고 나온 전부였다. 많은 것들을 담아 내려 했던 넓은 집에서 결국 남은 건 내가 사랑하는 딸뿐이었다.

집을 나온 후 잠시 머무른 친척 언니 집 거실에 걸린 커튼에 자꾸만 시선이 갔다. 사람이 극도의 우울함에 빠지면 죽을 수도 있겠다는 생각을 그때 처음 했다. 행복한 가정을 꿈꿨기에 그를 선택했고, 저지른 잘못을 알고도 참고 인내했다. 그런데 내가 선택한 모든 것들이 한꺼번에 부정당한 느낌이었다.

14년의 길고 긴 아픈 인연을 마무리하고도 다시 힘을 낼 수 있었던 건 분홍이 덕분이었다. 사랑하는 내 딸을 잘 키워야 했기에 없는 힘도 꾹꾹 짜냈다. 딸을 위해 산다고 생각했지만, 결국엔 딸 덕분에 내가 잘 살 수 있었다. 지나고 보니 슬픔과 외로움에 빠져 있을 시간이 없어 감사했다. 그래서 결국 꿈도 이룰 수 있었다.

누군가 '당신의 30대는 어땠냐?'고 물을 때면 예전의 난 '잘못된 판단으로 어둡고 암울했다. 나에게는 30대 전체가 사라진 기분.'이라 답했다. 그러나 지금은 '그 시절이 있었기에 지금의 내가 있어 감사한 시간이었다.'라고 답한다.

이혼 후 끝나지 않을 것만 같던 날도 어느새 훌쩍 5년이 지났다. 18개월이었던 분홍이는 벌써 초등학생이 되었다. 최근 딸과 함께 정착하기로 마음먹은 곳에 이사했다. 생활에 안정감이 생기자 이제야 창밖의 풍경들이 하나둘 보이기 시작한다. 여유를 찾으니 마흔을 갓 넘긴 내 인생 전체를 통틀어 힘들고 고단했던 시절은 그 중 딱 5년이었다. 겨우 8분의 1이었다.

바람이 거세게 부는 폭풍도 겪어 봤기에 잔잔한 여울도 느낄 수 있게 되었다.

깜깜한 밤의 어둠도 통과해 보니 옅게 새어 나오는 빛도 감사할 수 있게 되었다.

부모님이 계셨기에 어렵고 힘들 때 기댈 수 있었다.

가장이 되어 보니 아버지의 애씀을 공감할 수 있었다.

내가 받지 못한 것들을 나는 내 아이에게 줄 수 있어 감사하다. 엄마가 되지 않았다면 몰랐을 경험이다.

혼자 아이를 키워 보니 같은 처지에 있는 학부모님을 이해하게 됐다.

상대가 준 상처에 지금도 많이 아파하나요?

어렸을 때 받지 못한 결핍으로 아직도 누군가를 미워만 하고 있나요?

가끔 혼자라는 생각이 나를 외롭고 쓸쓸하게 하나요?

아픔과 미움 그리고 외로움을 느낀다는 것은 내가 나의 감정을 만나 충분히 공감하고 있다는 신호이다.

아무리 고통스러운 감정도 이해하고 느끼면 고통에서 벗어날 수 있다. '두려움'이 내 삶에서 중요한 선택을 결정하도록 내버려두지 말자. 물론 어떨 땐 누군가로부터 마음을 다치기도 하고, 사랑하는 사람을 잃기도 한다. 또 실패한 인생을 살았다는 생각이 들 수도 있다. 그러나 그 어느것도 영원한 것은 없다.

7

손잡이: 내리고 싶은 것들

"엄마, 어디가? 엄마."

"……." 엄마의 대답이 없다.

어릴 적 부모님의 잦은 다툼으로 생긴 '불안'은 성인이 되어서까지도 일생 전반에 많은 영향을 미쳤다. 어린 나에 겐 엄마는 인생의 전부이자 곧, '나'였다. 엄마가 어디로 가 는지도 모르고 다시는 동생과 내 곁으로 돌아오지 않을 것 만 같은 모호함은 불안을 넘어 엄마를 영영 잃을 수도 있 다는 공포로 다가왔다.

엄마의 부재로 인해 불안했지만, 학교는 나가야 했고,

불안한 마음을 감추기 위해 아무 일도 없었던 척 밝으려 애썼다. 해가 지날수록 부모님의 갈등은 심해졌고 매일 부모님이 다투는 모습을 보고 자라 가슴 속 깊게 자리 잡힌 상처들은 점점 나를 무기력하게 만들었다. 그런데도 부모님을 기쁘게 해 줄 방법을 찾았고, 유일한 방법은 공부를 잘하는 것이라고 결론을 내렸다. 그래서 부모님을 기쁘게 해드리고자 학창 시절 나름대로 열심히 공부했다.

똥 밟은 사건 이후 기나긴 수험생활 끝 '합격'은 잃어버렸던 모든 일상을 원상태로 되돌려 놓을 중요한 열쇠로 착각하며 살았다. 결국, 원했던 합격을 이루었기에 잃었던 모든 것이 제자리를 찾고 원래의 삶으로 돌아갈 거라 믿었지만, 만지면 부슬부슬 가루가 되어 버릴 만큼 돌보지 못한 마음은 혼자의 힘으로 극복하기 힘들 정도로 망가져 있었다. 그렇게 시작하게 된 앤드 샘과의 상담은 나의 성장 과정의 아픔을 있는 그대로 바라봐 주고, 과거의 상처와 현재의 내가 있기까지 각각 사건들을 선으로 연결 지어 알아차리게 했다.

"조각조각 파편이 나 있네요."

기질 및 성격검사(성인용 TIC과 MMPI-2) 검사 후 알게 된 내 상태는 한마디로 조각조각 파편 난 상태였다. 상담 선생님의 말씀을 듣고 생각지 못한 심각한 결과에 당황스러웠지만 이내 정신을 차려 본다. 1시간가량의 상담을 마치고 가만히 책상 의자에 앉아 내면에 말을 건네 본다.

'그동안 참 힘들었겠구나!'

'사는데 애썼구나!'

일평생 불안과 함께 살아온 나에겐 불안한 날이 가장 기본값이었고 오히려 평범한 일상이 예외값이었다. 이혼 후 견디기 힘들 정도로 스트레스 지수가 높은 상황이었음에도 나에겐 매일의 기본값이 불안이었기 때문에 이혼한 상황에서도 오랜 수험 기간을 버틸 수 있었다.

내겐 불안이 평범한 일상이었다.

과거의 상처와 아픔, 고통과 슬픔까지 고스란히 지금의 나로 만들어졌다는 것을 알았을 때 내가 한없이 불쌍해졌다. 불안이 일상이 되어 불안한 상황을 만들어야만 안정감을 느끼기에 이것저것 끊임없이 새로운 일들을 쉬지 않고 하는 내가 안쓰러웠다.

더 잘하고 싶어 완벽주의가 되어 버린 나.

즐거움보단 걱정과 슬픔을 더 자주 만나는 나.

상담 횟수가 늘어나면서 '애처롭고 안쓰러운 나'로만 계속 머무르게 하려는 '자기 연민' 패턴이 깊숙이 내재화되었음을 발견하게 된다.

과거의 아픔이 무엇인지 알아봐 주고 달래주며 일정 기간은 잘 보듬어 주는 게 맞지만 오로지 그 아픔만 끌어안고 그 안에 머무르다 보면 그 마음이 곧 전부라고 생각하는 착각에 빠질 수 있다는 것을 알아차려야 한다.

"지금 가진 현실이 나은 씨가 생각하는 만큼 비련의 여주인공은 아니잖아요."

앤드 샘의 이 한마디가 슬픔 속에 헤매며 정신없이 허우적대고 있는 나에게 급정지시켰다.

'그런가? 내 현실이 지금 어떻지?'

애교 많고 귀여운 분홍이, 딸이 다시 시작할 수 있게 손녀를 사랑으로 키워 주시고 경제적으로 지원해 주시는 부모님, 여러 번의 도전 끝에 결국엔 이루어 낸 꿈, 그리고 창밖에 겨울 풍경을 보며 쓰고 싶은 글을 쓰고 있는 지금도 소중하고 평화로운 일상을 잘살고 있었다.

우리는 한순간에 압도될 만큼 손도 쓸 수 없는 큰 문제를 만나면 '부족한 나, 할 수 없는 나'로 단정 짓고 슬픔과 무기력함에 빠져 살 때가 있다. 너무 힘들 때는 그럴 수 있다. 그게 당연하다. 그렇지만 상황이 나아져 하늘을 잠깐이라도 볼 수 있는 마음의 여유가 생긴다면 과거의 실패와 아픔에서 이유를 계속 찾아내기보다 때론 과거의 아픈 상처도 변기 손잡이를 꾹 눌러 시원하게 떠나보낼 수 있어야 한다.

『치유』의 저자 루이스 L. 헤이는 '인생은 즐기고 살고 싶으면 즐거운 생각을 해야 하고, 성공한 인생을 살고 싶으면 성공하는 생각을 또, 사랑하며 살고 싶으면 사랑하는 생각을 해야 한다. 우리가 마음속으로 생각하거나 입으로 소리 내 말 하면 그대로 이루어진다.'는 이 문장을 보는 순간, 이왕 한 번 사는 인생 진심으로 잘 가꾸어 보고 싶어졌다.[7]

내가 선택한 대로 인생을 살 수 있다면, 까짓것 돈이 드는 것도 아닌데 지나간 날의 아픈 기억은 변기 손잡이로 내려 버리고 영양가 가득한 긍정의 삶을 선택해 보는 것이 어떨까?

마음의 집에는 화장실이 있어.
친구가 미워질 때, 질투하는 마음이 생길 때
잘난 척하고 싶을 때, 싸우고 싶을 땐
변기 손잡이를 꾹 누르렴

『The House of the Mind』, 김희경[8]

---

7) 『치유』 루이스 L. 헤이, 나들목
8) 『The House of the Mind』 김희경, 창비

그럼에도 다시 **사랑**하려 합니다

"언니는 이혼했는데 결혼을 추천하네요?" 친한 동생이 내게 한 말이다.

주변에 결혼한 지인들은 하나같이 혼자 살 수 있으면 싱글인 게 편하다고 말했다는 것이다. 사실 나도 이 말이 이해는 간다. 그런데 인생에 정답은 없다. 혼자서 사는 게 더 좋다면 홀로 사는 것이 정답일 것이고, 사랑하는 사람과 평생을 함께 살고 싶은 사람은 결혼하는 것이 정답일 테다. 결국, 답은 각자의 마음에 이미 정해져 있다.

그런데도 대체로 결혼에 관한 생각을 묻는 이유는, 자신이 가진 생각에 동의를 구하기 위한 경우가 대부분이다. 사람은 누구나 스스로 선택할 수 있는 자율성을 갖고 있으며, 결국 최종 결정은 본인이 경험한 세계와 대화하며 자신이 직접 결정하게 된다. 그 당시 나는 사랑하는 사람을 만나 결혼도 하고, 아이도 낳고 싶은 동생의 바람을 잘 알고 있었다. 그래서 그녀에게 결혼을 추천했다. 그리고 그녀는 얼마 전 귀여운 아들을 품에 안았다.

사람으로부터 상처는 받았지만, 사랑을 믿지 못하게 된 건 아니다. 다만 또다시 관계로부터 상처를 받진 않을지 걱정되는 마음이 있을 뿐이다. 자녀가 옳지 못한 행동을 했을 때 잘못된 행동을 꾸짖는 것이지 사랑하는 아이 자체를 미워하게 되는 것은 아니기 때문이다.

이혼은 했지만, 나도 여전히 좋은 사람을 만나 사랑받고, 반대로 사랑을 주고도 싶다.

물론 처음부터 그랬던 것은 아니다. 배우자가 준 배신의 쓰디쓴 경험은 남자라면 다시는 쳐다도 보고 싶지 않았다. 그리고 결혼이라는 제도에 절대 얽매이고 싶지도 않았다.

그런데 지진이 나면 쓰나미가 지나가듯 이혼 후 격렬한 감정의 소용돌이에서 나와보니 마음이 텅 빈 것처럼 외로웠다. 그리고 짝이 없어 느껴지는 빈자리가 더욱 크게 다가왔다. 유년 시절 어둡고 외로웠던 나처럼 딸에게도 내가 느끼는 감정을 대물림하는 것만 같아 마음이 무거웠다. 마음이 힘들어질수록 아이를 위해 좋은 아빠를 만들어주고 싶은 마음이 급해졌다. 아빠가 있어야 부족한 사랑이 채워질 것 같았다.

좋은 사람을 더 늦기 전에 만나 봐야겠다는 생각이 들어 이혼 후 오랜만에 남자 사람과 대화라는 것을 해 봤다. 처음에는 이혼 후 겪은 각자의 상처를 나누다 보니 아픔을 가진 사람들끼리 연대감 같은 것도 생겼다. 또, 자녀를 혼자 키우며 생기는 여러 어려움에 대해서도 공감받고 이해받을 수 있어 의미 있는 시간이었다. 그리고 우린 행복을 위해 선택한 각자의 결정을 후회하지 않았다.

외로움이 커지다 보니 외로움을 상대로부터 채우고 싶었다. 여자 혼자 아이를 키우기가 버겁다는 생각에 솔직

히 좋은 사람을 만나 기대고 싶기도 했다. 이전 배우자와
는 마음과 마음을 나누는 공감적 대화를 나누기 어려웠으
나 가치관이 잘 맞고 생각을 공유할 수 있는 사람이 있다
면 다시 사랑을 시작할 수 있을 것 같았다. 하지만 이야기
가 잘 통했어도 더 이상 깊은 관계로 발전하긴 어려웠다.
서로의 자녀까지 온전히 받아들이기에는 상당한 시간과
노력이 필요하다는 것을 알게 되었다. 또, 우린 각자가 가
진 아픔의 형태와 치유된 정도도 달랐기에 처음 연애할 때
보다 더 많은 것을 고려하고, 깊은 에너지를 써야 했다.

상담심리 전문가 앤드 샘과 상담을 시작하며 극도로 외
로워져 있는 나를 마주했다.

'혼자 있는 외로움과 공허함을 감당하기 어려워 무엇으
로라도 채워야 할 것 같다면, 잠시 멈춰서 생각해 보길 진
심으로 바란다. 배고프다고 아무거나 먹을 수는 없다. 지
금은 자기를 돌보고 치료해야 하는 때이다. 만약 자신이
해당한다면 지금은 자기에게 관점을 돌리고 자기를 일으
켜 세우는 것에 집중해야 한다. 스스로 감당하지 못하는

자신을 타인에게 전가할 수는 없는 것이다.'[9]

'쓸쓸한 나은 씨 마음이 절절히 느껴져서 저도 슬퍼요.
지금의 이 귀한 시간, 혼자 외로움을 견디고 단단해지는 시
간 뒤에, 결국 나은 씨는 행복해질 겁니다. 저는 확신해요.'
상담이 끝난 후 걱정이 되었는지 앤드 샘의 메시지가 도
착했다. 내 슬픔에 함께 공감해 주고, 반드시 행복해질 거
라 확신해 주는 그녀의 진심에 한동안 흐르는 눈물이 멈추
질 못했다.

나는 지금도 이별하는 중이다.

사랑했던 사람과 이별만 하면 끝인 줄 알았는데 뒤따라
오는 이름 모를 아픔들이 계속 보였다. 그래서 아픔의 이
유를 알기 위해 나를 알아가기 시작했다.

지금은, 이별이 절대 잃은 것만 있는 건 아니라고 확신
한다. 오히려 내게 허락된 아픔은 내 삶을 다시 돌아보게
했고, 진짜 나다움을 찾아가게 했다.

---

9) 『상담실에서 왜 연애를 말하게 되었냐면』, 이유정. 티엘씨

혼자 있어도 괜찮은 내면의 힘을 기르게 했고, 홀로 내 아이를 잘 키울 수 있다는 자신감도 선물했다.

좋은 사람을 만나기 이전에 좋은 관계를 맺을 줄 알아야 한다는 것도 배웠다.

나는 이별했다. 그럼에도 다시 사랑하려 한다.

가슴 떨리는 사랑보다 가슴 깊이 공감하는 사랑을

다시 상처받을까 미리 걱정하기보다 내 의지대로 좋은 것을 선택하며, 택한 삶을 예쁘게 가꿔 나갈 것이다.

내가 먼저 나를 아끼고 사랑하자. 좋은 것을 나에게 가장 먼저 전해주자.

누군가가 나를 안아 주길 기다리기보다 내가 먼저 나를 꼭 안아 주자. 그리고 진짜 '나'를 찾아가도록 하자.

당신만의 진짜 나다움을 찾아가는 여정이 시작되길 바라며!

밟지 말아야 할 것을 밟고 말았다

여러분의 **인생 그릇**에
가장 **나다운 것들로** 채워나가길 바랍니다

 소화되지 않은 아픔을 억지로 뱉어 내니 어느 순간 '괜찮은 척하는 나'로 살아가고 있었습니다. 이별 후에도 '애써 담담한 척, 시원하게 정리한 척, 외롭지 않은 척'과 같은 거짓 감정들은 '진짜 나'를 그림자 뒤로 꼭꼭 숨게 했습니다. 감정과 일치되지 않는 말들은 나와 다른 사람들을 오해하게 했습니다. 내가 가진 마음보다 과하게 기뻐하기도 했고 반대로 그렇게까지 속상한 일도 아닌데 상상 속에서 절교를 외치기도 했습니다.

'힘들다, 아프다, 외롭다.'하는 마음을 그냥 알아주기만 해도 됐을 텐데, 오히려 마음과 반대로 행동하니 여기저기 탈이 나고 맙니다. 그중 예측하기 힘든 미래에 대한 두려움과 사랑받지 못해 생긴 외로움은 나를 끝없이 아프게 했습니다. 마더 테레사는 '가장 끔찍한 빈곤은 외로움과 사랑받지 못한다는 느낌'이라 했습니다. 단지 내 결핍을 채워 줄 사람이 필요했고 행복만을 위해 살면 되는 줄 알았는데, 해결되지 못한 결핍은 결국 나 자신만이 채울 수 있는 것이었고, 행복을 찾는 것보다 더 중요한 것은 인생을 살며 외로움과 두려움을 견뎌 내는 것이었습니다.

이별 후 혼자가 되어 막막했고 그 불안을 떨치려고 더 바쁘게 살았습니다. 끝내지 못한 일이 있어도 또 다른 걸 시작했고 불안을 덮기 위해 그 위에 더 큰 불안을 쌓았습니다. 온전히 내 감정을 바라볼 여유가 없다 보니 어느 순간 또다시 외로움이 불쑥 찾아옵니다. 언제나 함께하는 것이 외롭지 않은 것이라 믿었는데, 혼자 있어 외로운 것이 아니라 홀로 있지 못해 외로운 것이었습니다. 개인 상담을 시작하며 혼자서도 외로움을 견딜 때 비로소 진정한 나로 바로 선다는 것을 머리뿐 아니라 가슴으로도 받아들여지기 시작했습니다. 나다워지려면 나만의 시간을 가져야 합니다. 괴테는 '인간은 사회에서 여러 가지를 배울 수 있지만, 영감을 받는 것은 오로지 고독 속에 있을 때만 가능하다.'라고 하였습니다.

새벽에 일어나 글을 쓰고 내면을 살피다 보니 세상은 고요했고 불안한 마음도 조금씩 잠잠해져 갔습니다. 감정 일기를 쓰며 마음을 있는 그대로 인정해 주니 마음이 '알아줘서 고맙다.'라고 내게 화답하는 것 같은 기분이 들기도 했습니다.

이별 후 많은 것을 정리하게 됐고, 그중 불필요한 만남을 갖거나 통화하며 보냈던 시간은 이제는 책을 읽거나 내가 좋아하는 것들을 하며 보내는 시간으로 채워 갑니다. 그리고 관계는 오래 알고 지낸 시간의 양보다 좋은 관계를 밀도 있게 쌓아 가는 게 더 중요하다는 것도 알아차립니다. 시간이 지나고 보니 이별 후 잃은 것보다 얻은 게 많아 더 감사했습니다. 그리고 어릴 적부터 충분히 받지 못했던 사랑도 이제는 내가 조금씩 채워갈 힘도 생겼습니다. 그래서 지금은 부모님께서 주신 헌신적인 사랑에도 감사드리며 그들이 가진 것 중 가장 좋은 것을 딸에게 전해주었다는 것도 이해합니다.

상담심리사 앤드 샘(이유정)은 '주체적이고 자율적으로 사는 삶은, 내면이 채워질 때 비로소 자기 두발로 현실을 꾹꾹 힘줘서 서 있을 수 있다. 그래서 우리는 어느 곳에 있든 내가 처한 현실을 꼼꼼히 보고, 매일매일 현실을 두 발로 꾹꾹 눌러 살아야 한다.'라고 내게 말씀했습니다. 상담 도중 선생님의 말씀에 따라 내 두 발을 바닥에 꾹꾹 눌러 봅니다. 지금, 여기에 있는 나를 객관적으로 자세히 관찰하세요. 그리고 머리부터 발끝까지 손가락, 발가락 하나하나 움직여 그 감각의 파동을 느껴 보세요. 미처 보지 못하고 스쳐 지나간 생각과 감정도 잠깐 멈춰 바라봐주세요. 내면과 깊게 대화할 때 내가 나를 사랑하게 되고 진정한 나를 만나게 될 것입니다.

류시화 시인의 『내가 생각한 인생이 아니야』에서는 삶은 자신이 기대한 것이 아니라 기대하지 않았던 것을 발견하는 것이고, 인생이 주는 가장 큰 선물은 '다른 인생'이라 말합니다. 우리는 때때로 원하지 않는 삶을 살게 될 수도 있고, 생각지도 못했던 힘든 인생이 눈 앞에 펼쳐질 수도 있습니다. 그러나 '힘든 시기일수록 마음속에 아름다운 것을 품고 다녀야 그 아름다움이 우리를 구원한다.'라는 류시화 시인의 말씀처럼, 여러분 각자의 인생 그릇에 좋은 것들을 잘 선택하고, 정성스럽게 담아 가장 나다운 그릇이 되었으면 합니다. 그리고 이 책이 당신에게 작은 위로가 되었기를 간절히 바랍니다.[10]

이 책이 나오기까지 감사한 분들이 많습니다. 잘될 거라고 늘 아낌 없는 격려와 기도로 힘이 되어 주는 정선애 작가님, 한동안 나 자신을 소중하지 않다며 깊은 우울감에 빠져 있을 때 응원 가득 담은 메시지로 저를 다시 일으켜

---

10) 『내가 생각한 인생이 아니야』, 류시화, 수오서재

주신 김진수 선생님, 깊은 공감과 위로를 전하고 책임감을 몸소 실천하여 많은 것을 배우고 느끼게 해 주신 배정화 선생님, 주마다 제 아픈 마음을 보듬어 주시고 혼자 설 수 있도록 진심으로 공감해 주시는 멋진 이유정 상담 선생님, 먼 강원도 철원에서 해마다 따스한 마음과 진심 어린 격려로 저를 세워 주시는 박귀남 교장선생님, 열심히 노력하는 모습을 알아주시는 이미옥 교장선생님, 자기 경영 노트 성장 연구소의 모든 선생님과 저를 항상 응원해 주는 목포 보건 교사 동기, 경기도 신설 학교 보건 교사 동기, 김경민 선생님, 힘들었던 수험 시절을 다독여준 가나 · 연우 · 미애 · 미라 · 슬예 · 은정 선생님, 항상 그 자리에서 기다려준 고향친구 미진 · 윤미 · 서윤 · 현주 · 서영과 연세대학교 동기 다현 · 소영 · 명진, 제 원고를 알아봐 주신 미다스북스와 정성 어린 손길로 글을 다듬어주신 이예나 편집자님과 그리고 곁에서 함께 고민해 주고 응원해 준 박상언 님께 진심으로 감사드립니다.

끝으로 언제나 저와 분홍이 곁에서 늘 힘이 되어 주시는 부모님과 동생 내외, 삶을 포기하고 싶을 때 함께해 주신 목사님과 사모님, 그리고 엄마에게 언제나 최고의 기쁨과 사랑인 소중한 딸 지안이에게도 고맙고 사랑한다고 전하고 싶습니다.

-강소민(필명 정나은)